我的旅行
留影中

一定要有她

///

美味

—TAIWAN—

老地方，慢时光

文化与老街
历史与旧建筑
的台湾小旅行

///

一哥
Yi ge
著

九州出版社
JIUZHOUPRESS

图书在版编目（CIP）数据

老地方，慢时光 / 一哥著 . —北京：九州出版社，2015.6

ISBN 978-7-5108-3787-6

Ⅰ. ①老… Ⅱ. ①一… Ⅲ. ①游记－作品集－中国－当代 Ⅳ. ① I267.4

中国版本图书馆 CIP 数据核字（2015）第 147390 号

老地方，慢时光

作　　者　一哥 著
出版发行　九州出版社
出 版 人　黄宪华
地　　址　北京市西城区阜外大街甲 35 号（100037）
发行电话　（010）68992190/3/5/6
网　　址　www.jiuzhoupress.com
电子信箱　jiuzhou@jiuzhoupress.com
印　　刷　小森印刷（北京）有限公司
开　　本　700 毫米 ×1000 毫米　16 开
印　　张　13
字　　数　150 千字
版　　次　2015 年 8 月第 1 版
印　　次　2015 年 8 月第 1 次印刷
书　　号　ISBN 978-7-5108-3787-6
定　　价　32.00 元

目录

Area 1 大台北

Area 2 桃园·新竹·苗栗

Area 3

台中·彰化

Area 4

云林·嘉义·台南

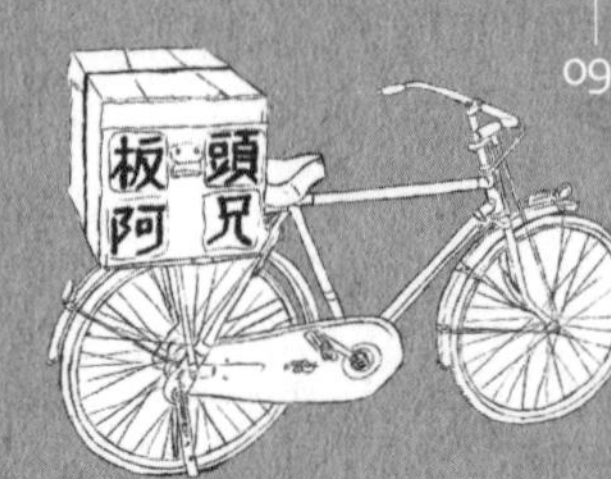

Area 5

屏东·台东

Area 6

花莲·宜兰

12
1
2
3
4
5
6
7
8
9
10

Area 1

大台北

城市的风光荣华从市中心曳出一条时光长廊，
从一条窄巷蜿蜒过一座废弃山头……
一架未经修葺的古老电话筒，
一段隐没在荒烟蔓草中的铁道，
青田七六的古意质感，
孔庙与龙山寺的文化与心灵寄托，
剥皮寮复刻艋舺犹存的风韵，
菁桐踏过只闻运煤车头轰隆作响的山野，
猴硐感受煤业没落与猫观光兴起的时代氛围，
还有金瓜石的恋恋旧时光……
找一段无事一身轻的午后，
感受时光慢慢流逝的一派悠游。

台北大安

青田七六

隐藏于巷弄说故事的日式古宅

青田七六，是栋有味道有故事的老房子，隐藏在新旧房屋交错的巷道里，在寸土寸金的台北城算是难能可贵。称它为台北人的隐花园，一点儿也不为过。

[DATA]

青田七六

- 台北市大安区青田街7巷6号
- 02-27000693
- 每月第一个周一公休
- www.geo76.tw

走入古意盎然的青田街，心中有股说不出的舒畅感觉。在车水马龙的大台北地区，还有着这么一条充满绿意的静巷实属难得。

散落于各处的日式木屋建筑，让这条静巷成为台北市最美的街道。光听这充满意境的街名，就让人的心情瞬间变美丽。恣意地游走于巷弄之间，随处可见令人沉醉的日式建筑，一栋栋充满着故事的老宅，静静地矗立在街头，等待每一位到访的旅人发掘它的迷人之美。

· 老屋改建的迷人日式风貌

平日的台北午后，来此寻幽的游人出乎意料地多。没有事先订位，结果去时青田七六的室内座位全满，还好屋外搭建出来的阳光屋还有几个空位，免去了等待的窘境。虽然没有冷气，电风扇的叶片缓缓转动，也带来了些许的凉意，幸好今天的气温不是太高，阳光穿过竹帘轻轻洒进玻璃屋来，环境还算舒适。

原是地质大师马廷英教授故居的青田七六，于 1931 年兴建完成，是日据时期日本教授集体开发兴建的大学住宅组合之一。1945 年马教授入住于此，2007 年由市府公告，核定此为市定古迹。如今老屋换新装，改成对外开放的餐厅，从里到外，充满着迷人的日式和风。为了纪念马教授在地质研究上的卓越成就，在青田七六，特别设立了台湾岩石手标本的这面墙，各式各样的石头，象征着台湾这片土地的地质缩影。

·欧式花坛与和式露台巧妙融合

青田七六保留着最初日式建筑的居住空间，再融入洋式建筑的优点，让这里成为别具特色的洋和式建筑。绿意盎然的怀旧场景，雅致的氛围在此油然而生。洋式空间里，包括了接待室、食堂、书斋等，皆设置于外侧；内侧则设置了和式空间的座敷、次间等，一扇扇的木格窗，更加发人思古之幽情。考虑到台湾炎热潮湿的气候，将房间配置在一侧，以求凉爽通风，而接待室采用洋式的凸窗与嵌入式的本棚书柜，由内往外望去，还可看见展示在庭院前，曾埋藏于地底下的两千年大樟木。

室外面对前庭的露台上，则设置欧式的花坛，展现出和洋的融合之美。环顾老屋的四周，可以细细品味日式建筑所展现出来的力与美。古色古香的日式屋舍，需要你我共同来维护，入内请记得穿袜子，忘记穿的话也没关系，在柜台就可以买一双，只要十元！

点一份下午茶套餐，热拿铁搭配着古意的陶杯，加上绿意满满的日式场景，怡然自得地度过悠闲时光。这里除了提供午茶之外，也有精致的午、晚餐套餐，而且是无菜单的料理，每次来都会有意想不到的尝鲜体验，但别忘了，要先预约，以免无人接待！

今天會是美好的一天
Happy
2011.7.3.

台北大同

孔庙

在雕花檐廊下与智慧之神对话

台北市中心寸土寸金，但难能可贵的是仍有一片只闻书卷香的祥和之地，让现代学子隔空凭吊孔夫子的睿智，同时让儒学思想世代传承下去。

[DATA]

台北・孔庙

台北市大同区大龙街275号

02-25923934

www.ct.taipei.gov.tw

列为三级古迹的台北孔庙，是座迷人又古老的建筑，主要祭祀的是至圣先师孔子，近年来在有心人士的推动之下，以孔庙、大龙小学和保安宫为核心的大龙峒文化园区俨然成形，每年在此举行的祭孔大典，更是海内外不能错过的盛事。

孔庙的建筑之美，从入口的黉门开始就相当迷人。依循着古法与规制，每个细节都相当讲究，双重檐式的门楼，屋脊作燕尾起翘，艳丽的色彩，在蓝天的衬托之下，优美的外观，格外引人入胜。

· 遵循古制，缅怀历史与文化遗迹

孔庙内必有的明伦堂，在时空变迁之下，也顺应潮流设立了孔夫子纪念品中心，销售相关的纪念商品，莘莘学子可以买块祈福木牌，写下金榜题名的心愿，看着一块块木牌随风飘拂，仿佛所有的心愿都乘着风传向了孔老夫子的眼中一般。

万仞宫墙也是孔庙必备的建筑，这四个字的寓意，是指孔夫子学问道德高深，若要求取上进，并无快捷方式，唯有进黉门或泮宫（皆古代学校）潜心修习，才能窥其堂奥。墙后就是泮池，在古宅第与寺庙之前常有半月形水池，具有防灾、调节暑热及风水之象征意义，孔庙前的泮池，除有同样的作用外，尚有泮宫之水的意义，即学校所附水池之意。

经过泮池，绕过庭园即可来到棂星门。这里有如一座殿堂，与一般佛寺画上四大天王等有所不同，棂星门上不画门神，门板上的一百〇八枚突出的门钉，造型相当特殊，为遵循古制的门扇制法。穿过仪门，就可看见宏伟的大成殿，气宇非凡的建筑，除了精细的雕梁画栋之外，在廊墙上还嵌有交趾陶饰，用色颇为典雅，值得细细欣赏。

·从建筑窥探古人的智慧结晶

大成殿是孔庙的主殿，屹立于宽广的花岗石庭院中央，立在很高的基台上。殿前突出的平台，称为丹墀，作为祭孔时安置乐器并供佾生献佾舞之场所。丹墀前有御路，上面雕云龙，龙首锋芒毕露，具有很高的艺术水平。宏伟的建筑使用了四十二根巨柱，四周设走马廊，廊柱一字排开，具有强烈的节奏感。这些整齐的石柱上，看不到对联、题字，这是遵循孔庙一贯的规矩，即不敢在孔夫子门前卖弄文章之典故。

大成殿的走马廊石柱皆采用泉州白石，殿前中央则立一对蟠龙柱，雕工精致，被誉为杰作，这些石雕皆是聘自泉州惠安一带的匠师所作，风格苍劲古拙，与一般寺庙的烦琐纤细不同，两层式的重檐歇山式屋顶，可沿屋檐回廊绕行一周，正中央神龛奉祀至圣先师孔子牌位，上方高悬蒋中正先生所书“有教无类”之匾额。

利用悠闲的午后时光，就能见证台北孔庙独特的历史与人文涵养。典雅宏伟的建筑特色，更是让人品味再三，不需太多的花费，就能感受到古代的学问之神与当今的潮流融为一体，古今文明的对比，套用在知识上，一点儿冲突都没有。

台北万华

剥皮寮历史街区

灯红酒绿见证老台北繁华过往

前几年电影《艋舺》引起了国人对艋舺帮派故事及背景地剥皮寮的兴趣，这条号称『最后老街』的剥皮寮是台北五年级生的回忆之一，走一趟仿佛让人跌入时光隧道，难以忘怀……

[DATA]
剥皮寮历史街区

台北市万华区康定路173巷

02-23361704（展览馆）

万华，一个让我永生难忘的古老街区，也是我从小生长的地方。青少年时期的吃喝玩乐，几乎都在这个区域活动，长大之后搬离了万华，渐渐地对它的感情有点儿淡了，借着剥皮寮历史街区的启用，再一次重回万华，也找回了昔日的童趣。

漫步于略为蜿蜒的剥皮寮老街，强烈地感受到昔日倍感亲切的街景，映入眼帘的一切都是那么熟悉，一张张的照片胜过千言万语，仿佛回到了 30 多年前的剥皮寮，细细品味过往繁华的艋舺街道，或许也能唤起五年级生的儿时记忆。

· 艋舺最后的老街

剥皮寮历史街区位于万华区广州街、康定路与昆明街一带，因清朝时期福州商人在大稻埕卸下木材之后，运送至此剥去树皮而得名。在当时，剥皮寮一带是交易热络的繁荣商圈，远在清朝、日据时期与光复时代，就有不少富豪士绅相继在这里兴建洋楼房屋，也造就多元共生的特殊文化。随着都市开发，这条老街本该也走入历史，但由于紧邻百年老校老松小学，数百米的街道被划为预定校地而不能改建，意外地让这条短短数百米的街区得以完整保存下来，成为台北地区现存的唯一完整的清代建筑街区，而有艋舺地区最后的老街之称。

正因为如此，整个剥皮寮街在建筑形式上保有清代民房的特色，在广州街、康定路口还保留有日据时代街屋立面的形式。随着都市计划的更新，万华地区的一些老街，因改建而逐渐消失在人们的记忆之中，还好剥皮寮历史街区被保存下来，也因为展现出过往的真实风貌，以及充满着当地浓厚的人文气息，加上浓浓老艋舺味道的传统建筑，成了电影《艋舺》拍摄取景的最佳地点，并搭起了一条长长的仿古街道，再一次唤醒世人对这条老街的注意。

· 乡土再造教育中心

怀旧的招牌、消失的行业、泛黄的海报、儿时玩耍的亭仔角、红砖水泥墙的百年老屋舍，这一切的一切，都是我儿时再熟悉不过的记忆。虽然这些布景随着电影下档而遭到拆除的命运，但剥皮寮历史街区却未因此而消失。目前教育部门成立台北市乡土教育中心，作为剥皮寮历史街区的管理营运单位，继续从事着剥皮寮老街活化再造的工作。除了作为本土教学的示范场所之外，还不定期地举办展览，借由各式各样的文化活动，让剥皮寮老街得以永续存在，肩负起本土教育与文化传承的重任。

在极尽现代化的台北市里，难能可贵地保有了剥皮寮这块朴实的净土。红砖墙上的彩绘，让游客参观的旅社、理发店、浴室等老店，置身在这条历史古街里，有着浓浓的怀旧氛围，更有我儿时满满的记忆。如果你也喜欢这种老味道，千万别忘了台北市里还有一条剥皮寮历史街区，等着让人一探时光的面貌。

食 老艋舺咸粥店

参拜完龙山寺的朋友，千万别忘了这传统的味道。泛黄的灯笼，川流不息的人潮，正诉说着流传六十年的好味道。

除了有简单平实的价格之外，还多了份当地的认同感。一碗咸粥，一盘红烧肉，简简单单，陪着万华人，度过了漫漫一甲子。粒粒分明的蓬莱米，搭配着大骨熬煮的汤头，每一口尽是香浓醇美，里头还有切成丁的油豆腐以及小块的红烧肉，让一碗 20 元的咸粥更添美味。

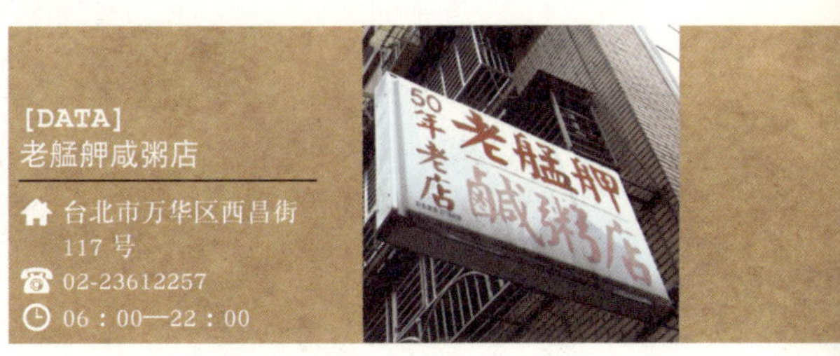

[DATA]
老艋舺咸粥店

台北市万华区西昌街 117 号
02-23612257
06 : 00—22 : 00

龙山寺

以虔心和一炷清香感念百年信仰

位于艋舺的龙山寺，长久以来一直是台北人的信仰寄托之所在。除了来此祈求平安与健康之外，龙山寺的建筑之美，也吸引无数的摄影爱好者前来，记录着神圣的庄严之美。

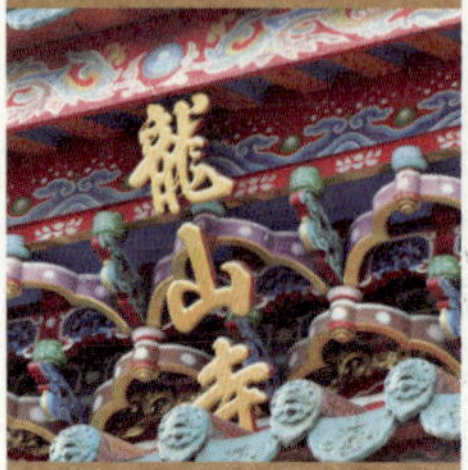

[DATA]

艋舺·龙山寺

台北市万华区广州街211号

02-23025162

www.lungshan.org.tw

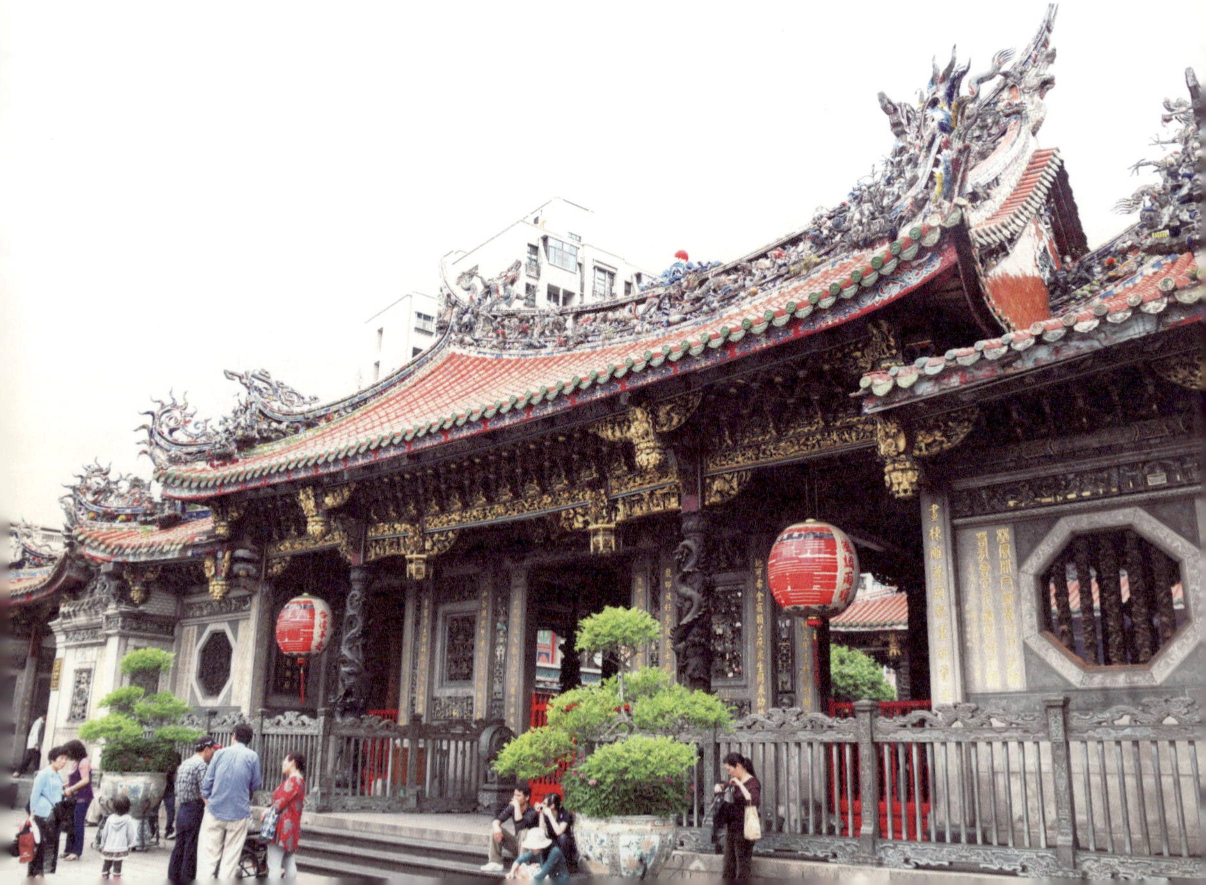

龙山寺建于公元1738年，是拥有两百多年历史的台湾二级古迹，几乎成了日本观光客来台必访的景点。从捷运龙山寺站出来后，首先会见到位于广州街上又称牌楼的山门，此为四柱三间歇山重檐式建筑，门柱上还有孙中山长子孙科所撰写的石刻。

龙山寺的庙埕相当宽敞，地面是由长条的花岗岩所铺成，石材取自当年移民渡海来台时，压稳船舱用的压舱石，材质为泉州花岗白石；大门旁边则是壮丽的净心瀑布，净心取自佛教“人本无相，相由心生”，意指入庙门鼻闻桂花香，耳听流水声，心境自然平静下来，再参香礼佛，以表虔诚之心。此建筑为后期所增建，于公元1996年完工。

· 香火鼎盛，缭绕当地居民信仰

庙埕的中间，顾名思义就叫作中门，平常并不会打开。在其两旁刻有金色的对联，由康有为所书写，巧妙地将首字嵌入庙名，并表达出佛寺度人的特色。龙门是进入参拜的主要入口处，而踏入庙里的石阶，大部分的人都会忽略，其实它会做成向外打开的书卷形式，主要有欢迎访客的意思。

位于龙门旁的八卦竹节窗，窗框为八卦形，窗棂用石雕成竹节，并附有花卉，窗棂必须是奇数，代表阳，其间隔为偶数，代表阴，表示阴阳调和。八卦代表吉祥，竹节代表平安，窗户四周雕有四只蝴蝶，蝴谐音福，蝶谐音耋，八十岁的长者称耋，表示长寿之意。

进入寺内后，首先会来到前殿，这儿供应香火让信徒参拜。龙山寺的总面积有一千八百多坪（1 坪 =3.3057 8512 3967 平方米），采坐北朝南的方位，为三进四合院的中国传统宫殿式建筑物。前殿现供奉三宝佛，依佛教礼仪点好香后，须先至前殿礼佛，再依序参拜众神。在前殿参拜完观世音菩萨之后，再上到正殿前方的平台拜天公。这里总是人山人海的，上来之后务必将香举高，以免烫伤他人。

· 工艺繁复隆重，尽显信徒诚心

俗话说龙山寺有三多：神明多，雕刻多和匾额、对联多。从照片上就可看出正殿的屋檐上，挂了许许多多的匾额，从拜天公的方向望去，整个建筑工艺庄严隆重，值得细细品味。

不管是正殿或是前殿，与一般寺庙相同，屋檐两边或是屋脊中央，皆会有所装饰，除了七级宝塔以外，中殿的屋顶形式更为特别，在四面屋坡的屋顶上，再加一层屋顶，称为歇山重檐式，这也是南方寺庙中最尊贵的建筑形式。

或许有人希望大富大贵，有人则是祈求身体健康这么简单。但不管如何，不论贫贱贵富，来到庙内有的就只剩下一颗虔诚的心了。从每个参拜者的表情看来，都是那么真诚，尽管口中念念有词，还是让人动容。当然最该感谢的，还是默默付出的义工阿姨们，有了你们无怨无悔的付出，让参拜这项传统仪式，得以延续下去，也希望有更多的年轻人愿意来礼佛，在诵读佛经的潜移默化之下，社会能够变得更加祥和安康。

護國佑民
龍舸渡迷津發大慈雲只要衆生
山門開覺路入歡喜地更進十住安

[DATA]
三六圆仔店

台北市万华区三水街92号
02-23063765
08：30—21：30（假日到22：30）

食 三六圆仔店

醒目的招牌，三角窗的店面，三六圆仔店这家甜汤老店是许多老万华人珍贵的回忆，也是当地人推荐的古早味甜汤，至今已到了第三代的手中，拥有七十五年历史。

招牌综合甜汤，满满一大碗，蜜芋头、雪莲子、汤圆、芋圆、地瓜圆、花生以及红豆，蜜芋头绵密细致的软嫩口感，真是香浓又顺口。推陈出新的黄金麻糬，更是推荐必吃的美味小点心。

除了传统的美味甜汤，三六圆仔店本身也是粿店，销售一般市场上已经很少见到的红龟粿、草籽粿、发粿、寿桃、面龟、年糕等祭祀用产品。小小的三水街，一如往常总是人来人往，小巷飘着古早香，好味道千万不能忘，流传一甲子的美味，等你来品尝！

新北石门

富贵角灯塔

穿透云雾，映照旧日时光

富贵角海岬上的富贵角灯塔是本岛最北端的灯塔，在海风吹拂下，仍屹立不倒，映照着来时的旧故事，与承受风霜雨露的风棱石成为东北角最美的时光痕迹。

[DATA]
富贵角灯塔

新北市石门区富贵角

02-26381049

黑白相间的富贵角灯塔，矗立在富贵角海岬上。这是日本占领台湾之后所建造的第二座灯塔，完工于 1897 年，塔高 14.3 米，是当局目前管辖的 34 座灯塔中位于台湾本岛最北端的一座。

黄昏时刻，少了毒辣的太阳照射，多了海风的轻轻吹拂。沿步道走来相当惬意，而且坡度不会太陡，沿途除了无敌的夕阳海景可以欣赏，还可见到早期因为火山熔岩流过后，所形成的特殊地质景观——风棱石，在数量以及规模上都相当可观。仔细观看这些造型特殊的风棱石，因为终年遭受强风吹袭的关系，除了拥有数量不一的棱面以外，还有着各式各样的风貌，令人不得不赞叹大自然鬼斧神工的奥妙，以及任人想象的奇幻创作。

· 风棱石的白墙秘密

这是一段边看边走的轻松旅程，拾阶而上，让人感觉不到半点疲惫。灯塔除了塔身为特殊的八角形建筑外，其他的建筑仍承袭一般的白色形式，唯一美中不足的是目前灯塔里设有军方的雷达站，无法对外开放，游客只能隔着白色的矮墙向里头张望。

1962 年，富贵角灯塔改建成为今日所见的八角形混凝土塔，仍保留了最初黑白相间的涂装，不过改建时因空军反映塔身过高，影响雷达扫描效果，因此决定拆除部分已经建好的塔身，而保留今日所见的塔身。

这条步道的兴建，将富基渔港、富基公园、老梅公园以及富贵角灯塔连接在一起。在享用完美味的海鲜大餐之后，还可以欣赏到奇特的风棱石，一路走来，更可以欣赏到礁岩所形成的老梅海湾地形。这是一个值得周末假日亲子同游的好地方。

新北平溪

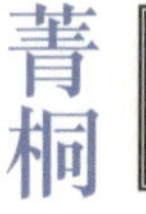

菁桐

煤矿与观光，山林间更换的世纪风貌

当年因煤业而繁华一时的菁桐小村，就像是阳光普照的盛夏，发光发热；如今却像流星陨落一般黯然失色，其实全长仅百来米的老街，当时的盛况可一点儿都不输给现今的西门町……

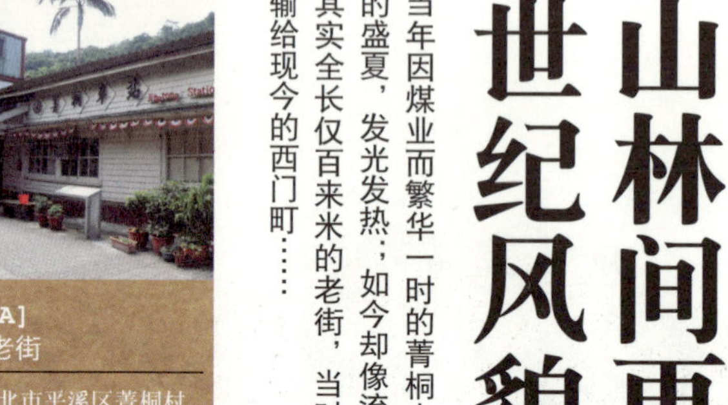

[DATA]
菁桐老街

新北市平溪区菁桐村菁桐街

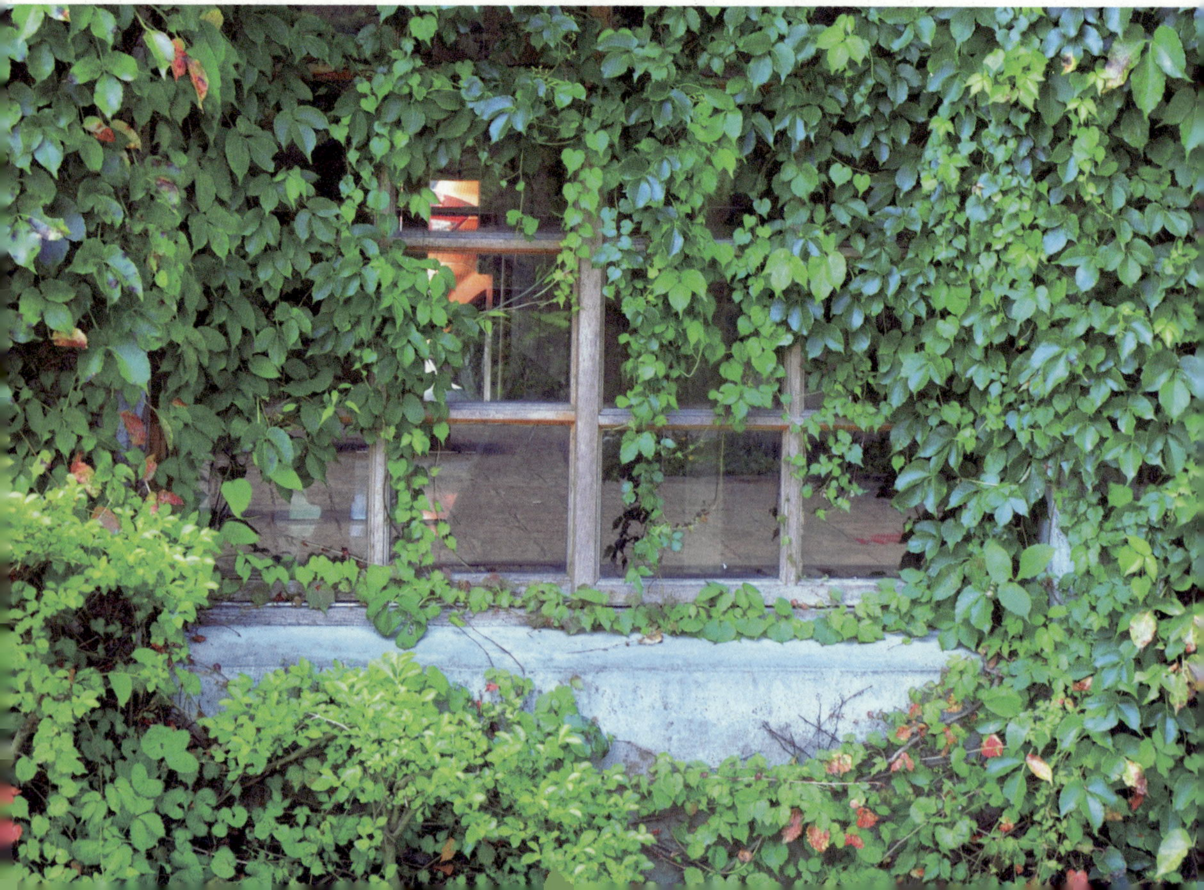

尽管属于菁桐的煤矿天下已经远去，然而时光流转，时间总是在人们不经意之间，选择合适的、淘汰过时的，却独独漏掉了这里，得以幸存的日式风格反倒使这里成为假日吸引游客到此一游的最佳利器。

一根根写满字语的许愿筒，代表着每个人最诚挚的祝福与心愿，挂得满满的许愿筒，也成了菁桐地区的小小特色。算一算上头应该写有千言万语吧，只是这些甜蜜的负担，快把过去矿场用来牵引矿车的黄色老柴油车头，压得喘不过气来，没想到半只脚都走入历史的小镇也能再有引领风骚的一天。

·复古，木造黑瓦菁桐站

车站对面褪了色的红砖楼，是当时石底煤矿的选洗煤场，虽然梁柱早已斑驳，但依旧屹立不倒。拾阶而上，可与车站做更近距离的接触，建于 1929 年，已有 80 多年历史的菁桐车站，是北部地区少数仅存的木造车站，虽然只是台铁平溪支线的终点站，但仍保有原始的风貌，散发出浓浓的日式风格。站在月台上，可看见车站屋顶的风貌，布满绿意的黑瓦片，似乎宣示着老车站的生生不息。简单的花草点缀，让老式月台散发出一股迷人的风韵。

虽然再也看不到黑色运煤台车忙碌穿梭，但长长的铁轨，还是能带领我们到达梦想的那端。彩绘车厢的靠站，为菁桐老站增色不少；迷人的铁道风情，总是让人意犹未尽。原是木造建筑的员工宿舍，如今已改建为披上水泥的砖造平房，满墙的绿意，则成了对对佳偶外拍取景的好地方。旧宿舍改为菁桐矿业生活馆，作为静态的展览空间，让来此的游客，像是进入了时空隧道那般，回味菁桐的美丽与哀愁。

·朴实，羊肠小道白石村

相较于假日时热闹非凡的老街，散发着浓浓日式怀旧风情的白石村，更叫我着迷。恣意游走在这个山城小村，静谧的氛围让人流连忘返，树影洒落在羊肠小径之上，幽静又带点神秘的美感，很适合需要清静一下的朋友来此闲逛。在我心中，淳朴的农村风貌总是最美，这里虽然不是北海道，却散发着浓浓的日本味。

台阳矿业公司为了开采煤矿，在白石村兴建了十几栋职员宿舍，全是日式的木构造建筑。而这间北海道民宿，当年则作为高级日籍干部的宿舍，至今保存完好。被绿意所包围的日式建筑，除了有取之不尽的芬多精外，来到民生桥上，还可见清澈的溪水，欣赏鱼儿水中游的自在乐趣。我在白石村的旅程，随着微风轻轻摇曳，脚步也跟着轻盈起来，一切就是这么简单，一株草，或是小小的一滴露，都是迷人万千。

布满绿意的石阶，带领我继续往上，继续感受白石的美。当绿意布满了墙面，原本让人感觉冰冷的红砖墙，赋予了无限延伸的生命，也象征白石村在此将生生不息。这里还有座“皇宫”，是当时最大的独栋建筑，原为职位最高的矿长住所，一般人并不易接近，主人家将其整修并改装成餐饮场所，由于风貌特殊，故成为偶像剧来此取景的热门场景。隔着矮墙，驻足凝望着“皇宫”，偌大的庭园里草木扶疏，一股怀旧之情油然而生。

无论是晴天或是下雨，来到菁桐小镇漫步一番，除了可以体验一下浓浓的日式风情之外，更有怀旧的老建筑可以品味。洗尽铅华的菁桐，跟台北近郊其他几个宁静的小山城一样，逐渐蜕变成兼具知性与感性的文化遗迹。

新北瑞芳

猴硐

听猫儿说一段旧矿区的今日往昔

猴硐的猫城美名现在是中外皆知，透过知名摄影师猫夫人的镜头，这里不再只是无人问津的荒废矿区，而是有着新生力量、令人着迷的猫咪天堂。放下早年的采矿生活，当地居民如今却是赏猫度日，岂不悠哉？

[DATA]

猴硐

新北市瑞芳区猴硐路

02-24061780（里办公室）

猴硐位于新北市瑞芳区的旧矿山一里，因该里刘厝有一石洞聚集猴子，故将其命名为猴洞，之后改为猴硐。早期以出产煤矿为主，在褪去繁华之后，小镇回归平静，过往的繁华云烟，只能在猴硐煤矿博物园区里，找到些许的回忆。

从车站出来，就可看到几家小店铺，卖的是原始的古早味矿工面，矮平房的店面仍保留着旧时的传统，商业气息没有九份来得浓厚。再往前走一点儿，就是早期瑞三矿业的旧址，早已荒废的建筑如今则成为小猫悠游嬉戏的天堂，昔日红砖建筑的煤厂办公室，如今则改装成游客服务中心以及展示文物用的愿景馆。

· 猫族守护，小镇翻身吸睛

猴硐因为有猫而变得美丽，穿过高悬于车站通往猫村的必经长廊，可以先缅怀一下已经仙去的黑鼻站长英姿，顺便看看新崛起的“四大天王”的简介；长廊的尽头就是宁静祥和的猫村，入口处有详细的手绘地图，标示出猫儿可能出没的位置，只是按图索骥，不保证会全见得到就是了。

午后的山城，有微微的凉风徐徐拂来，带走了不少恼人的暑气，看着这群安然自得的猫咪，让人心情也跟着平静许多。原本寂静无痕的小山城，因为有了这些猫儿的出没，

再一次开启了繁华的新生命。走在蜿蜒小径的猫村里，寻寻觅觅似乎成了旅人的目标，转个弯，随时都有惊奇出现。但是请注意，来到这里，务必放慢脚步，降低音量，除了维护邻近住家的生活质量，另外也因为猫儿天性不喜欢吵闹的环境，太吵怕惊扰了这些山城娇客，下回它们可就更不愿出来见客啦！

食 阿虾古早面

从猴硐车站出来往左边看，就可看到阿虾古早味面店。这家拥有八十年历史的面店，已传承至第三代，虽然只是间小小的店面，却是相当容易就找得到，在假日时店里往往高朋满座，说是猴硐地区最热门的店家一点儿也不为过。

店里主要卖的是传统的阳春面，干的或带汤的任君选择。干面搭配着独家的酱料，在拌面的同时，香味就已扑鼻而来，若是再淋上同样是古早味的辣椒酱，相信你会跟我一样味蕾全开。

[DATA]
阿虾古早味面店

新北市瑞芳区菜寮50号（猴硐车站旁）

0937-867313

金瓜石

黄金瀑布流泻的时光旅行

金瓜石位于台湾的东北部，属于新北市的瑞芳区，地处于雪山山脉北侧支棱与东北角海岸之间，背山面海的绝佳景色，说它是东北角的桃花源，可是一点儿都不为过。看着溪中一颗颗被染上颜色的石头，更是早期金瓜石以采矿为业的最佳见证。

[DATA]

金瓜石

☎ 02-24972250（瑞芳区公所）

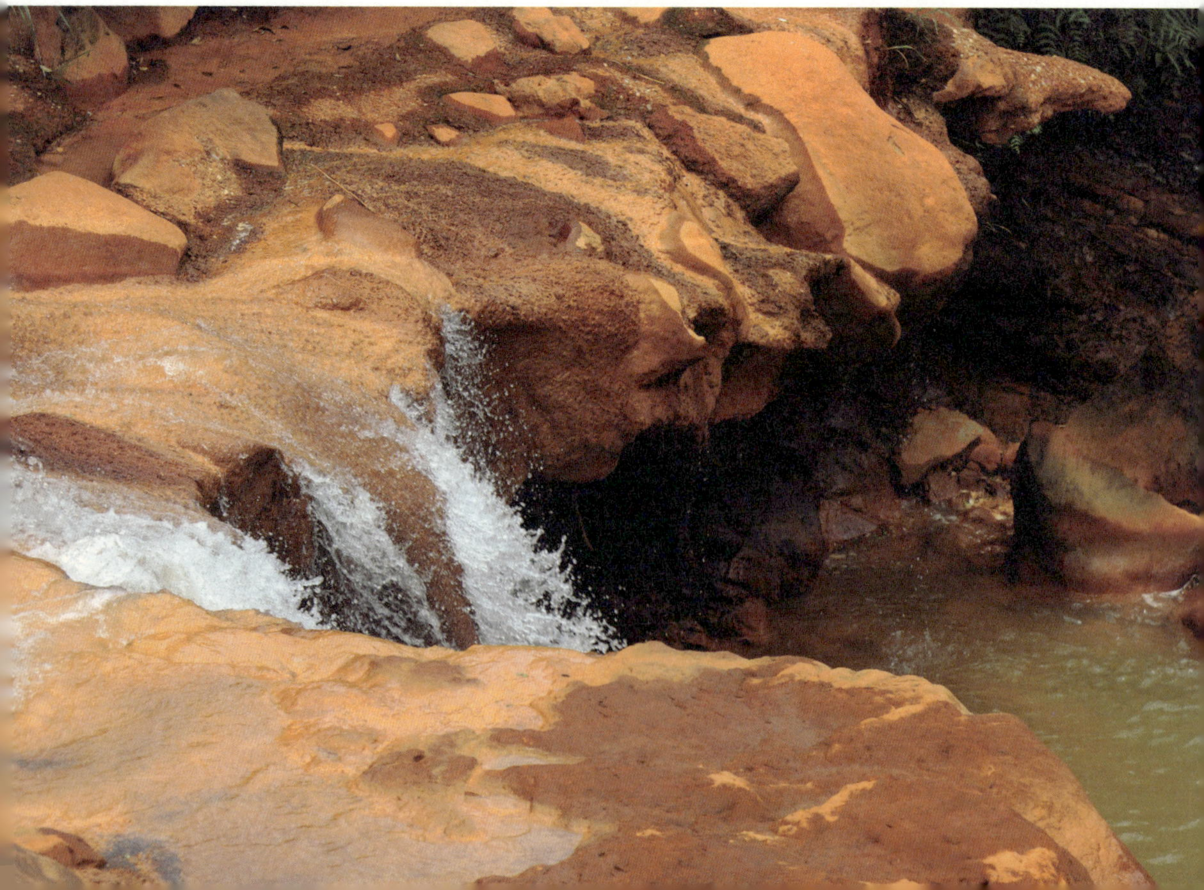

与九份只有一山之隔的金瓜石，虽然同为电影《悲情城市》的拍摄场地，但相对于九份因发展观光而造就出今日的繁华来看，金瓜石能够保持其最原始的风貌，没有被过度商业化，令人感到庆幸不已。找一个夏日的午后，少了恼人暑气的金瓜石，只有让人感到舒服的微风徐徐吹来，恣意游走在蜿蜒的小路上，抛去世俗的烦忧，不论是向左转或是向右转，放慢脚步细细品味，在每个不起眼的小角落，都能发掘出金瓜石的淳朴之美。

·颓败的矿场，怀旧的开始

金瓜石因开采金矿而与九份繁华一时。20 世纪 60 年代之后，随着矿脉逐渐枯竭，采金事业宣告终止，与九份地区一同步入了历史的洪流之中。所幸遗留下来的矿场景观，在 20 世纪 70 年代末期，随着怀旧风潮的吹起，反而成为热门的观光胜地。宛若庞贝古城的十三层选矿场，以及号称世界最长的废烟道，或是已成断壁残垣的台车场，虽然都已老去颓败，却也是游人来到金瓜石，最为吸睛且不能错过的历史遗迹。

黄铁矿及硫砷铜矿的接触，产生氧化还原及铁菌催化作用而形成的酸矿水，因地势落差的关系，形成流水潺潺的黄金瀑布，让原本只是丝丝涓流的小溪，在化学的变化下，成了唯美浪漫的奇景。在一片翠绿山林中，偶尔可见一条一条沿着山势而辟的之字形小路，也造就了浪漫公路的美名。偶尔还可遇见古意盎然的小桥，连接山丘的两端，优美的景色，总是让人流连忘返。

·蜿蜒于山脉的时间河流

来到劝济堂的上方，从高处往下方的滨海公路远望，脚下的景色立体迷人。海天一色的绝佳美景，看了更是让人如痴如醉；阴阳海的特殊景观，总是让初来乍到的游人为之惊奇。眺望山巅有着造型特殊的茶壶山，还有蜿蜒于山林之中的金水公路，或者是带点诗意的黄金瀑布，以及浓浓古味的水圳桥，当然还有太子宾馆等，都是漫步金瓜石时，不可不访的好地方。

朴实无染的金瓜石，拥有众多的迷人美景，正等待着旅人来发掘，而今日的我，也钟情于这片有山有海的美景，因为它正符合玩遍全台湾，看山看海看美景感受老地方悠闲时光的主要宗旨。找一个蓝天白云的好天气，带着你的至亲与最爱，手牵手！让我们一起看云去！

Area 2

桃园·新竹·苗栗

走在客家风情浓厚的桃竹苗地区，
时间仿佛淡定地停留在某一种闲适的氛围里……
走一趟桃园忠烈祠与昔日的英雄共缅秋日感伤，
再去普济路感受日据时期的情景气氛，
新竹南寮渔港的重生面貌令人有置身地中海的希腊惊艳，
看龙腾断桥如飞虹般划过胜兴车站的长空，
走出新埔车站的木造月台前往海岸线看海去……
没有过度嘈杂的城市印象，
有的只是岁月淬炼过后，
停留在人们记忆中的往日美好。

桃园市

桃园忠烈祠

循阶而上，膜拜历史与英灵

忠烈祠前绽放的樱花老树让人宛如置身在日本，充满浪漫氛围，也因为这里实在太像日本，常吸引许多COSPLAY的喜好者前来取景拍照，虚幻与真实的交会，也为桃园忠烈祠增添了些许的迷人风采。

[DATA]

桃园县忠烈祠 / 桃园忠烈祠

- 桃园县桃园市成功路三段 200 号
- 03-3356910
- 周二至周日 08：00—17：00（周一休馆）

日本占领台湾时，在各地建造了两百多座的忠烈祠，1972年之后，当局下令，即刻清除所有在台的日本忠烈祠，仅剩桃园忠烈祠被完整地保留下来。该忠烈祠于1935年开始建造，历经三年完成，战后初期改名为新竹县忠烈祠（当时桃园仍未设县），于1950年改为桃园县忠烈祠。

要登上桃园忠烈祠，得爬上两段长长的阶梯，其实阶梯几乎是当时忠烈祠必备的基本建筑，为的就是表示忠烈祠地位的尊崇。上到平台，沿着石灯笼往前走即可到达，而这整条道路都称为参拜道，参道的左右两旁，各放置了三座石灯笼，指引民众前进的方向。

·进入鸟居，就像进入神圣的空间

在未进入神殿之前，提供参拜者清洗手与口的手水舍就位于左手边；忠烈祠中常见的鸟居，其实就类似庙宇的山门，走进鸟居，就象征进入了神圣空间；鸟居前有青铜铸成的神驹以及镇守在鸟居前后的高丽犬石刻，都是避邪之物，颇有安定人心的效果；而位于鸟居的右手边则是事务所，平常是忠烈祠职员办公场所，重大祭典时则为主祭者斋戒沐浴的地方，也是净心净身的地方。

忠烈祠的建材，几乎都使用原木，而且是以不会遭虫蛀的台湾桧木为主，也因为这特有的建材，才能让这些建筑保存得完好如初。进入拜殿后可以看见门上分别悬挂着“国魂”与“英烈千秋”两块牌匾，从牌匾上的年份来看，有将近 60 年之久，非常有历史价值。

称为忠烈祠的本殿，供奉着先贤先烈的集体牌位共计有十四面之多，除了黄花岗的七十二烈士、龙潭抗日义士之外，还有郑成功、丘逢甲、刘永福、金门八二三炮战阵亡的三个副司令等多人牌位。栏杆式的木构造，维持着传统的不用任何钉子的榫接结构，充满典雅迷人的造型，体积虽小却也是结构最漂亮的一座。

桃园大溪

大溪老街
以巴洛克建筑搭起夜市盛景

风景秀丽又充满古意的大溪镇，除了远近驰名的老街，还是帽子歌后凤飞飞女士的故乡，每逢假日总是吸引众多的游客前来。加上单车风潮的盛行，更是让此地成为『追风族』健身休憩的最佳场所。

[DATA]
大溪老街

桃园县大溪镇和平路、普济路

在老街的周围，当然少不了地道又传统的小吃，在大伙竞相奔走相告之下，假日的大溪老街真的是热闹非凡。以巴洛克式建筑的大溪桥作为起点，除了邻近有停车场方便停车，走在桥上既可以活动筋骨，还可欣赏大汉溪两旁的河岸风情，正所谓一举两得。桥两侧各有一座由红砖、拱门以及石雕构筑而成，有如城堡般的壮观建筑，充满着庄严典雅的欧式情怀，在华灯初上，点亮盏盏灯火时，整座大溪桥变得更加迷人与浪漫。

· 和平老街的欧式风情

过了桥，有两条路可连接到和平老街：一条是沿着阶梯直上中正公园的崁津步道，这条路坡度较陡，对于有老人家同行的游客来说虽然较近，但行走却颇为吃力；另外一条是沿着河岸旁的宽阔步道，走到底之后再爬上往普济堂的小径，就可轻松抵达老街。

再度踏上和平老街，保留完整的老建筑依旧迷人，倒是商家所销售的产品，随着时代的变迁，换了许多的新玩意。面宽窄、纵深长的两层楼店面住宅形式，一栋又一栋的以石材精雕出拱门梁柱和华丽的浮雕图案，置身其中有如身在典雅的欧洲豪门宅邸，浓浓的巴洛克风情迷人万千。

除了巴洛克的建筑，位于和平路上的福仁宫，在大溪镇可算是规模宏大，占地三百余坪，主要祭祀开漳圣王，每年农历 2 月 11 日的开漳圣王寿诞，还会有庄严隆重的神猪大赛。另外位于不远处的黄氏家庙，也是桃园县内最具规模、历史最悠久的黄氏大宗祠。

· 哥特式建筑的大溪教会

逛寺庙，在普济路与仁爱路口，还可看见这栋高耸入天的哥特式建筑，这是属于台湾基督长老教会的大溪教会，其尖塔造型以及红砖砌成的外观，在这条古朴的老街中，更是吸引游人的目光。教堂旁就是中正公园的入口，公园内有化妆室以及儿童游乐设施可供休憩，当然还有蒋公的铜像以及日据时代所遗留下来的痕迹。

从公园也有路可以下到大溪桥头，这时候回程变成了下坡，行走起来也就不会那么累人，站在这里还可以惬意地欣赏着大溪桥的美景，放慢脚步随意地游走，或许你会发现许多令人感到新奇的事物。穿梭在老街的巷弄之间，只要用点儿心，一定能找到旅途中的那份感动。

桃园大溪

普济路

历史与艺文之街

盛夏的午后，到桃园普济路来一趟艺文之旅，喝一口清凉饮料，让人暑意顿时全消。再尝一口蒋公生前最爱的菜色——狮子头，细细品味大溪艺文之家的美！

[DATA]

大溪武德殿

桃园县大溪镇普济路33号（大溪镇公所旁）

大溪老街除了巴洛克式建筑吸引游人的目光之外，其丰富的人文风采，总是让人有意犹未尽之感，其实只要往前多走几步，普济路一带还有古意盎然的日式建筑可供细细品味，像武德殿、公会堂与艺文中心，都是当地颇负盛名的好去处。

·日式武德殿与欧式公会堂

在 1935 年启用的大溪武德殿，至今已有一甲子的岁月，以木造屋顶、洗石子砖墙砌筑而成的武德殿，属于传统日式建筑中的寺殿式样，此类的日式庙堂多仿造自古代的唐朝式样，透露出些许的中国味。虽是仿唐式的建筑，但日式传统的精神与风格，仍可在许多设计中见到，经过整修后的武德殿，虽已不见历史所留下的斑驳痕迹，仍充满着庄严典雅的日式氛围。

大溪公会堂为砖造一层楼的西洋风格建筑物，兴建于公元 1921 年，在日据时期作为居民集会以及举办活动的公用空间，光复之后被纳为蒋公的行馆。占地六十八坪的公会堂，其实就隐身在大溪艺文之家里面，漆成蓝色的木质门窗，别有一番俭朴的古意存在，长廊下的木椅则是由一片一片的长木板组合而成，同样发人思古之幽情。这栋建筑物，源自于英国安妮女王样式的辰野式风格，除了砖造的墙面之外，还有着斜角的屋顶，就

[DATA]
大溪艺文之家 / 公会堂

桃园县大溪镇兴和里普济路21之3号
03-3886461
周一至周四 09：00—17：00，周五至周日 09：00—20：00

像是隐藏在森林之中的欧式小别墅那般雅致。

· 绿意围绕与美食入口

蓝白相间的大溪艺文之家，就像是一座童话小屋，柔和的色调让人顿时感到清爽，在四周绿荫的环抱之下，空间清幽，难怪会被选为蒋公行馆之一。

室内除了艺品贩卖之外，还提供餐点及饮料，除了长廊设置的情人雅座之外，最特别的是将原本蒋公以及夫人的起居室改为用餐的空间，墙上则挂满了有关两位生前的照片以及史迹，另外还保留了蒋公书房供游客参观，里头陈列了当时遗留下来的办公文物。而户外庭园的景色相当开阔，有怡人的河景风光，远处的崁津桥，以及金黄翠绿的一亩亩稻田，交织成一幅美丽的图画。坐在这里，享受一杯冰凉的饮料，欣赏眼前的壮丽美景，是再惬意不过的一件事了。

南寮渔港

飘散悠闲希腊风的渔港新样貌

蓝白相间的欧风建筑，总能吸引旅人的目光。在充满浓浓地中海风情的南寮渔港，如果能和挚爱的人共享这片碧海蓝天，随意游走，就可感受那份恣意的浪漫……

[DATA]
新竹南寮渔港

新竹市北区南寮街一带

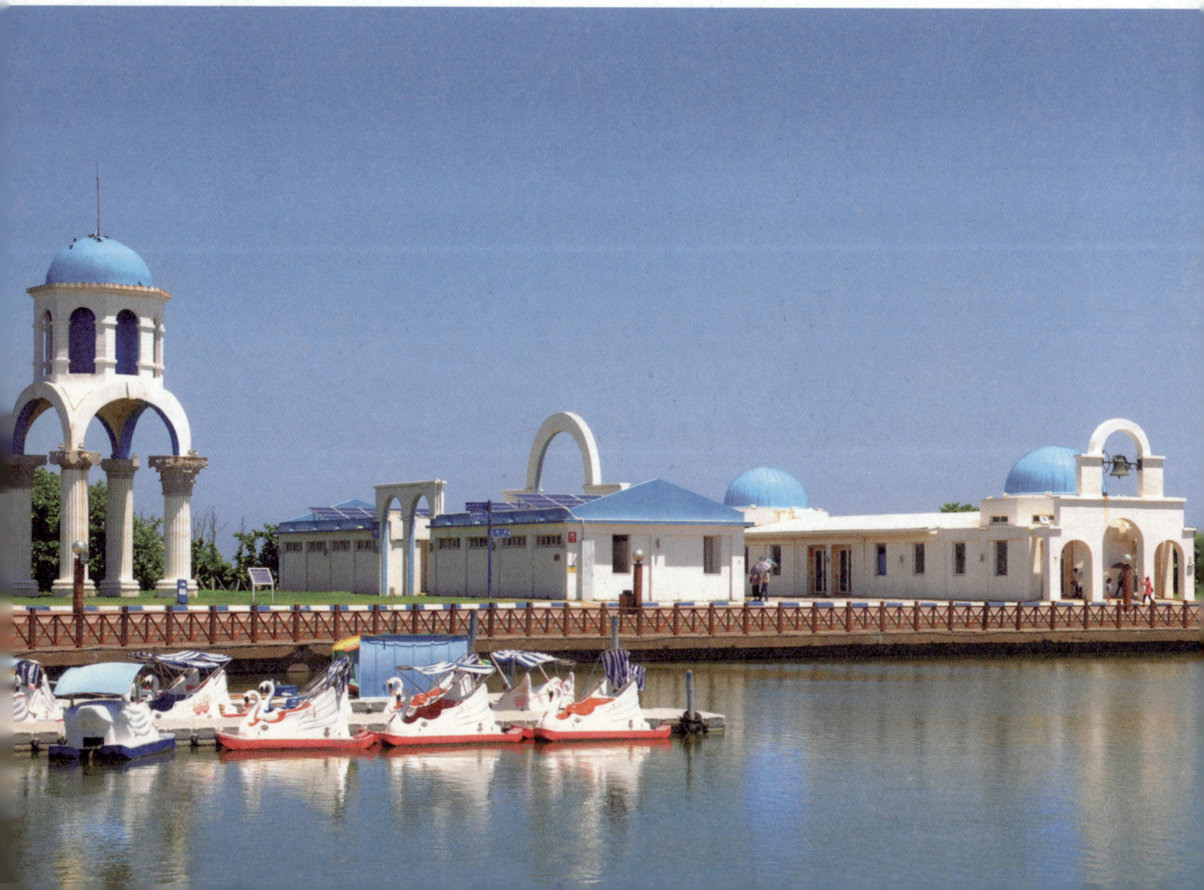

南寮渔港是新竹热门的观光景点之一，假日总是热闹非凡，除了让人吃不停的小吃之外，还有随风飘扬的风筝，总是占据了整个蔚蓝的天空。

南寮街上沿着海岸边构筑而成的木栈道，是对对佳偶相约黄昏后的好地方，废弃的渔具与破铜烂铁的组合，构筑成一件件富含渔港风情的艺术创作，搭配着平静无痕的海水以及蔚蓝的天空，让迎着海风的我，看着每一件独具巧思的作品，总感觉贴切得让人想会心一笑。眺望着远处，似乎传来爱的钟声，蓝白相间的地中海风情建筑，令人迷恋与陶醉，而且这里真的不是希腊，而是令人惊艳的南寮渔港。

· 圆顶蓝瓦与蓝天相得益彰

旧渔港的重新变装，让原本有碍观瞻的大水塔，改以文艺复兴式的圆顶做包覆，利用西洋古典与汉文化传统风格之柱础和柱头作为支柱，换上新衣之后，被赋予了全新且迷人的独特魅力。一旁有着蓝圆顶、白墙身的地中海建筑，更是吸引游人目光，轻轻地闭上眼睛，便能感受有如置身在地中海般的浪漫气息。只可惜有些地方还未物尽其用，要是能够做成咖啡雅座或是风情小铺的话，相信会更有味道才是。

再往前走，可看见矗立于一旁小丘之上的迷人钟塔。洁白无瑕的塔身，有着湛蓝的晴空衬托，天时加上地利，如此完美的搭配，更是相得益彰。令人不禁想象，悦人的钟声若是响起，天下的有情人必定都能终成眷属吧！

享受自在的浪漫之后，不妨回到南寮渔港的游客服务中心。这里又是另一座让人惊艳的异国建筑，外观造型仍沿袭着蓝白两色的海岸风情，圆形的屋顶与圆柱状的观景台，场景顿时换成了带点神秘的俄罗斯风情。登高必能望远，五层楼高的观景平台，是你绝对不能错过的地方。观景平台保留了360度的观景空间，为了顾虑安全，无法采取开放式的设计，但是隔着透明的玻璃，仍可将整个南寮渔港的海岸风情尽收于眼底。整体一致的完整规划，连游客中心前不太为人注意的路灯，也变得很地中海。

享受着和煦阳光的照耀，冷却的心房，也能适时得到温暖；海风轻轻吹拂，带走了世俗的烦恼与忧伤，蓝白交织而成的渔港风貌，真的叫人难舍南寮。

食 石家鱼丸

巷弄间的美味鱼丸店，在新竹市可说是远近驰名，不仅是当地人的最爱，更是许多人来新竹必买的伴手礼。虽然石家鱼丸位于不起眼的巷弄内，但小小的店内总是座无虚席。

创始于1945年的石家鱼丸，数十年来如一日，没有太多花哨的选择，却样样都是饕客们的最爱。入口即化的骨仔肉汤和爽口弹牙的鱼丸汤都是店内的招牌美食；卤肉饭的拌料很香，搭配QQ的卤蛋，尤其加了酸菜提味，更是对味，坚持手工制作，多次获得消费者协会评选为金牌奖及最佳魅力商品奖。纵横一甲子的石家鱼丸，令许多食客吃过后念兹在兹，无法忘怀，总是不远千里一来再来，我想这就是它无远弗届的魅力所在吧。

[DATA]
石家鱼丸

新竹市兴学街27、29号
03-5242965
07：00—16：30（农历每月初三、十七日公休，遇假日顺延一日）

食 刘家庄焖鸡

大大有名的刘家庄焖鸡，是你不能错过的好滋味，许多饕客为了它不远千里慕名而来。

先将鸡肚塞满蒜头和青葱，再用独家配方调料腌渍浸泡六小时后，经过七十分钟的焖烤，饱满的金黄色泽焖鸡，一上桌香味就不断飘出，光用看就让人口水直流。软嫩的鸡肉入口即化，鸡汁更是不可多得的精华，又香又浓，淋在饭里就可以多吃上好几碗白饭。除了焖鸡之外，像是香酥豆腐卷、青炒双脆和仙草鸡汤，也是店家的招牌菜。

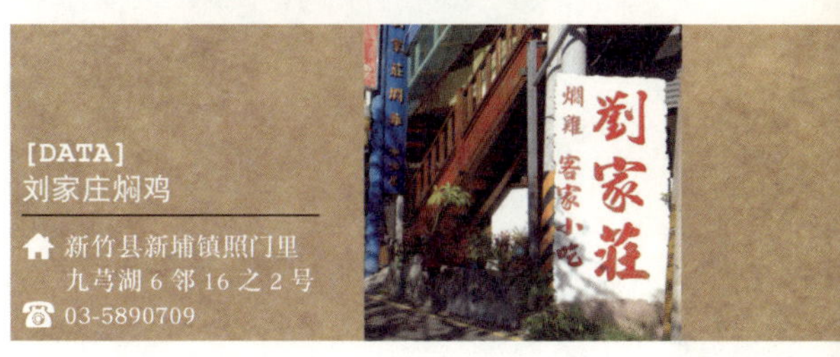

[DATA]
刘家庄焖鸡

新竹县新埔镇照门里九芎湖6邻16之2号
03-5890709

苗栗三义

胜兴车站与龙腾断桥

在纵贯线最高点遥想旧日铁道时光

拥有百年历史的胜兴车站，位于台湾纵贯铁路的最高点，随着新山线的开通，不再有火车靠站的胜兴车站只能走上停用的命运。转型为观光用途之后，小站古朴的风貌成为卖座的吸睛点，每逢假日总是游客如织。

[DATA]
胜兴车站

苗栗县三义乡胜兴村胜兴 89 号

胜兴车站日式的木造站房，采用了福州杉作为建材，跟台湾各地现存的老车站一样，充满着浓浓的日式风味。梁柱上的八卦与矛头造型以及屋檐下方的锯齿状饰板，据说是带有镇煞避凶的风水设计，不得不佩服当时的建筑工艺，没用到一根钉子的结构体，在经过了百年的岁月，依旧能够屹立不倒。

标示着海拔高度 402.326 米的纪念碑矗立在月台之上，也成了游客争相合影的地方。1998 年 9 月 23 日晚上 9 点 10 分最后一班南下的火车经过后，旧山线从此功成身退，留下来的车站，也因为造型优美并带有古意，而成为游客造访三义时最爱的景点之一。顺着已无火车通行的旧铁轨，民众可以来趟悠闲的漫步之旅，细细回味那往日的铁道时光。

· 开天隧道，穿越山谷的铁道

月台上的标示牌依然伫立着，虽然已不具交通运输上的指示功用，但却可以作为后人记录胜兴车站的最佳指标。斑驳的木栅门，依旧是人来人往的，只不过从原本的乘客变成了游客；原本的站长室，也改装成贩卖铁道纪念品的小铺，一张张的车票祈福卡，上头虽然只有简单的三言两语，却也富含了满满的祝福与浓浓的铁道风情。

从高处俯瞰，可以看得出胜兴车站是位于一个小山谷之中，离车站最近的开天二号隧道，建于公元1905年，全长726米，1935年发生中部大地震时曾经受损，所幸并不严重，仍保持着原来的砖砌结构。吸引着大家一探开天隧道的欲望，从中去体验历史所带来的铁道风采。

站内古朴的风情迷人，站外的景色也是不遑多让。面向车站前广场的左方，有一座胜兴虎泉纪念亭，在过去没有自来水的年代，居民都是靠这口井作为主要的水源，现在虽然早已封闭，却是当地人的生活记忆。井旁还设立了抽水唧筒，成了大人小孩拍照留念的好地方。

车站对面原本荒废的木屋，经过整修之后也变得焕然一新，附近的商家，更是配合着胜兴车站的古朴情韵，也都将店面装点得古色古香。地道的客家菜、粄条以及擂茶等，在这里都可以品尝得到。

[DATA]
龙腾断桥

苗栗县三义乡龙腾村

·龙腾断桥，划过天际的长虹

被铁道迷形容为台湾铁路艺术极品的龙腾断桥，兴建于公元1905年，原名为鱼藤坪桥，至今已有百年的历史。总长二百米的渔藤坪桥，在兴建桥墩时没用到一根钢筋、一包水泥，只以红砖和花岗石块利用石灰黏结而成，就能够承受火车的重量，可见当时的建筑工法相当高超。很可惜的是在1935年，遭逢关刀山大地震所袭击，天摇地动之后的渔藤坪桥，就成了今日这般模样的遗迹。

坚硬无比的砖砌桥墩，其优美的弧度，就像是划过天际的一道长虹，虽然成了今日的断垣残壁，却仍可感受到它的坚硬无比，就算是带点历尽沧桑的惆怅，依旧展现出坚忍不拔的气势。尽管红砖已显斑驳而变得泛黑，桥身也被野草所蔓延，但极致的建筑工艺，还是值得细细品味。

每年四五月之时，也是赏油桐花的最佳时刻。在怀旧完铁道风情之后，也可以到胜兴车站附近的飞雪步道走走，一场雪花纷飞的唯美景象每年都会在此重复上演着，喜爱走访旧车站与欣赏花季盛开美景的你，绝对不能错过！

苗栗苑里

山脚小学日据后期宿舍

在时光静止的午后长廊做个好梦

初秋，对于苗栗苑里的山脚小区来说，仿佛是不存在的季节。耀目的阳光与梦幻的蓝天精彩交织，将一栋栋日式老宿舍装点得格外迷人，轻松坐在外廊上，享受和风的轻轻吹拂，这一刻，时间仿佛静止了……

[DATA]
山脚小学日据后期宿舍群

苗栗县苑里镇旧社里10邻47号

037-745024

坐落在校园内的宿舍群，周边被茂盛的林木所包围着，一派绿草如茵的迷人景象。宿舍群占地大约五百坪左右，分成前、后两排，共四栋八户的规模。早上的游客还不算太多，鸟儿正在枝头上活蹦乱跳，不时传来悦耳的歌唱声。阳光透过绿叶，洒落在明亮的木窗台上，在这里只有静谧与安逸。

·改良式的西式和风建筑

在日据时期，台湾总督府为了满足官员基本的居住需求，在各地设置了大量的官舍，官舍等级则依居住者的职等有着明确之规范，建筑标准也曾经过多次的修订。在当时公共部门营建官舍时，为了节省人力与物力，制定出一套由上而下的标准图。公元1905年起，判任官以下的官舍标准开始实施，确定标准官舍图与位阶，分为甲、乙、丙、丁等四种官舍，而山脚小学的这四栋宿舍，则分属丙等与丁等，按照排序来看，应该是职位较低的官员所居住的宿舍才对。

山脚小学日据后期宿舍群，是混合部分西式风格的改良式和风建筑。以木料为建材，属于双并的小屋，每户均有玄关、客厅、卧室、厕所、厨房、前后院等。屋舍的地基为砖造再覆上水泥，墙壁则为编竹夹泥墙，外覆西式雨淋板保护壁体，并将地板挑高，挑高的地方还设置了气窗以保持通风，前后两排宿舍屋顶的部分则有所区分，前排为寄栋造（庑殿顶）覆日式和瓦，后排的宿舍则是切妻造（悬山顶），纵使屋顶的构造有所不同，但日式建筑中常见的鬼瓦，在这四栋建筑物上，仍同样都有使用。

· 半户外的长廊空间引入美景

入口门廊雨庇的部分由铁皮屋顶构筑，入口大门采用横拉的方式进出，外侧则为突出的出窗，形成明显的立面，也算是此等建筑的一大特色。而且每一户都是大面积开窗，将景观引入，室内与室外的空间因此串联在一起，构成一栋栋简洁、明亮且开放的空间。

而最引人入胜的，莫过于宿舍前所配置的开放式外廊了。外廊以砖造为主要的基座，再利用木条将地板整个架高，长长的一排，就像是个阳台一般，半户外的空间，让人有更多的机会在此停留，体验户外的优美景致，或坐或卧都让人感到惬意无比。我在山脚小学日据后期宿舍群，独享这初秋的浪漫，静静走在这里，只消片刻，听风声、看野花，平凡的生活好像也增添了动人的色彩，原来幸福就是这再简单不过的事。

食 垂坤肉松

来到苑里除了吃喝玩乐之外，不免俗地要带些伴手礼回家。当地的垂坤肉松专卖店屹立不倒 20 余年，在网络上的团购名单中也是赫赫有名，隐身在大同路的市场内，位置并不明显，找起来也会费点工夫。

成立于 1985 年的垂坤肉松专卖店虽然位于传统市场内，店内的环境却是干净明亮，而招牌商品当然是肉松，以纯熟的古法手工焙炒，酥香又入口即化，迷人的传统口味，让人吮指回味；其他明星商品如原味薄肉干、黑胡椒松饼以及柠檬肉干，也是不可错过的。

苗栗通霄

新埔车站

走出木造车站，最靠近海岸线的旅行

台湾的铁路交通已臻发达，如今更多人仰赖的是速度更快、时间更便捷的高铁，然而在西部铁路仍有几座日式建筑的车站，在时间洪流中悄悄保留下来，新埔车站就是其中最完整的一座。

[DATA]

新埔车站

苗栗县通霄镇新埔里8邻57号

04-2263895

初秋的艳阳，依旧高高挂在天空，耀眼的阳光，让人眼睛都快睁不开。来到位于西部铁路纵贯线中，最靠近海边的日式木造老站房——新埔车站，在蓝天的映照之下，充满着迷人的风采。

设立于 1922 年 10 月的新埔车站，位于与西滨公路平行的小路旁，以往开车在西滨公路上奔驰时，总是呼啸而过，若不是刻意前来，还真的很难发现这个令人着迷的小站。

· 九十年木制长椅送往迎来

整座木造站房，充满了优雅的日式风味，一砖一瓦，都值得细细品味。三角形的屋顶，为入母屋式的建筑，屋顶则是铺上了整齐的黑瓦；Y 字形的廊柱环列在车站四周，延续一贯的建筑手法，卡榫以及接缝处，不用到任何一根铁钉；白色的墙身以夯土为基底，再搭配桧木建造而成的墙柱，略带斑驳的窗格上，显现出岁月所留下的痕迹。

站房两侧，则是充满特色的玻璃窗，采用一圆两方的对称设计，就像是小时候在画房子那样，充满无比的童趣。大大的圆窗，就像牛的眼睛一样，因此称之为牛眼窗。候车室内虽不像城市里的大车站那般科技化，但我就是为这种古朴典雅的风格所着迷。长长的木椅，串起每一位候车旅客的心，怀旧的老窗户，那是一种消失已久，让人备感亲切的人情味。

不得不佩服日本人的建筑工艺，已经 90 年的老建筑，至今还能屹立不倒，虽然只剩区间车在此停靠，车站内还是配有岛式月台与岸式月台各一座。火车进站时的震耳欲聋声，随着火车快速离站而渐渐消失，淳朴的小站立即恢复静谧的氛围，让人在此呆坐半天也不会觉得无趣。新埔车站是最完整的日据木造历史建筑，随着时间过去，失去运输功能的它，有一天或许会消失在载客车站的名单里，但硕果仅存的文化资产与车站 90 年的悠久历史，仍愿大家好好珍惜。

Area 3

台中·彰化

在纵贯线铁道贯穿的中部地区，
文化城——台中，
与稻米的故乡——彰化，
分别孕育了宝岛人民所需的精神与生理食粮。
随着山海线交会，
北部与南部的文化、
风土民情也在此处汇聚成有如浊水溪般美好的态势，
在时间洪流中奔腾往前，
走过鹿港九曲巷与曾经辉煌的溪湖糖厂，
闯进宫原眼科目睹流行与复古的时尚转变，
最后再跳上日南车站的列车，
无论北上或南下都是随心所欲的感动……

台中中区

宫原眼科

连吃冰都优雅的气派古典流行指标

到宫原眼科吃冰淇淋，已成了时下最为流行的话语。走入气派大门所见的挑高欧式图书馆模样的大厅，让人有种时光错置的幻觉。原来，新旧之间，在这里可以并存而不冲突……

[DATA]
宫原眼科

- 台中市中区中山路20号
- 04-22271927
- 10：00—22：00

近年来，台湾各地许多的老建筑都因为重新整修并加以改装之后而有了新生命，像是用做咖啡馆、居酒屋或是民宿等用途，老屋新装之后，吸引了许多人慕名而来，而近来引起风潮最为有名的，就非台中市的宫原眼科莫属。

· 大门气派，门把也藏巧思

这栋 1920 年末兴建完成的老建筑，起初是以宫原医院之名开始对外营业，外观以红砖与拱形骑楼为主要特色，后因医院迁址而遭到闲置，加上 9 · 21 地震及台风的侵袭成了危楼，原本老旧不堪的建筑物，直到 2011 年被日出集团收购加以重建才有了新的风貌。

到宫原眼科吃冰淇淋，已成了时下最为流行的话语。踏进大门后，让人有种时光错置的幻觉，富丽堂皇又挑高的大厅，像极了电影《哈利 · 波特》中的霍格华兹魔法学院，高高的书柜汇集而成了气势非凡的双塔，有着浓浓的英式古典风，一排排的木头柜子跟抽屉，又让人以为来到了中药行那般。这里到底是眼科？图书馆？还是中药行？东西并存的多样元素汇集于此，还真是叫人傻傻地分不清楚。

新旧之间，在这里可以并存而不冲突，甚至可以融合且发扬光大，店家因为这个店建立于2011年（辛亥革命百年），所以用了一个很吸引人的“100”造型的把手100作为纪念，大门另一面则是用了120这个数字，象征着每位进来的客人，都能健康长寿吃百二。小小的细节，却能看出店家的巧思。

· 大厅挑高，伴手礼琳琅满目

店内区分为四大区块，挑高的大厅，贩卖各式各样的伴手礼；二楼是醉月楼餐厅，由于景观好，可是要预约才能进入；长拱廊的外侧，则有宫原珍奶茶以及冰淇淋两家店铺。一楼的日出礼盒相当多元化，各式的伴手礼，满足客人不同的需求，从外盒精致的设计，就让人不得不佩服设计师的点子，尤其礼盒的名称，看了还会让人莞尔一笑；一排排的怀旧书柜，陈列了各式的糕饼，川流不息的人潮，就像是在找寻属于最爱的那本书一般！

外侧的宫原珍奶茶铺，茶罐摆设真是漂亮，且具质感，饮品的种类也不少。长廊的尽头——宫原冰淇淋，早上十点营业，我们在11点左右抵达，一如所料，门市早已大排长龙，既然来了，当然要花点时间排队吃吃看。冰淇淋的种类相当多元化，算了一算约近60种，光是巧克力口味的就多达了18种，要是没事先做好功课，一时还真是难以下手。琳琅满目的种类，光用看就觉得过瘾了，不过价位算是不便宜，而酒料区让人感到惊艳，跳脱一成不变的用料，选用了自家产品像是凤梨酥、奶酪蛋糕等作为配料，除了让味觉加分之外，更是一场视觉上的飨宴。黑叶荔枝是我最满意的口味，像原汁原味般呈现的美味，配上坚果类、凤梨酥以及奶酪蛋糕等洒料，好丰盛的感觉。

坐在闽南式的长廊之下吃冰淇淋的感觉还真不错，享受着时空交错所带来的奇妙冲击感，也让我深深体会到，在这个多变的环境下，唯有不断地创新求变，才不会被淹没在洪荒之中。

鳳酥陽餅
南糕瓦片

台中西区

台中刑务所演武场

剑击声此起彼落的日式艺文建筑

少人闻问的市中心角落，有一处曾经是武道馆的历史建筑，经历几次整修与衰败后，如今以崭新面貌出现在市民面前。这是一座古味浓厚的练武场，却也是不可多得的艺文中心。

[DATA]

台中刑务所演武场

台中市西区林森路 33 号

台中发展环境绿化行之有年，加上远近驰名的文化城美誉，总让台中多了一种文化气息，即使是在人行道上瞥见的一棵树，都觉得顿时有质感了起来。在这里散步是令人愉悦的活动，走在绿荫扶疏的路上，整齐的街道让人感觉相当舒适，而都市更新不断进行的台中市，更难能可贵地将台中刑务所演武场这个旧建筑给保存下来，也因此不负文化城的美名。

· 馆内练剑道，廊外乘绿荫

兴建于公元 1937 年，当时是供台中刑务所（原台中监狱）司狱官的习武之地，也是台中市仅存的日据时期的武道馆建筑。2004 年被认定为台中市的历史建筑之后，2006 年不幸遭受祝融之灾，经过多次整修，于 2012 年委托道禾教育基金会经营，转型为道禾六艺文化馆对外营运。

重新展露面容于世人面前的台中刑务所演武场，如今更有一番新气象，有着蓝屋瓦、木格窗，由水泥墙身构筑而成的日式建筑，充满着典雅的气息。演武场内，一群小学员正挥汗努力练习着剑道，吆喝声此起彼落，好不热闹。

演武场的左方，还有栋传统的日式木构建筑，此馆作为茶道、花艺等教学活动所用，有着浓浓的文艺气息。四周有着绿荫遮蔽，开放式的外廊，更是吸引着三五好友席坐长谈，一同感受都市丛林中，那份难得的悠闲雅致。中庭还有棵百年大榕树，给游客提供了一个乘凉休憩的好地方。后方的木屋，则展示了当时的一些旧文物，深具历史价值与意义。

日式的唯美建筑，总是洋溢着迷人典雅的艺术氛围，尽管是艳阳高照天，还是让我对它有诉不尽的依恋。闲暇之余，不妨走一趟台中刑务所演武场，说不定，对于它的美，你会比我有更多的发现。

台中大甲

日南车站

乘着怀旧列车前往心的目的地

列车迎着海岸线，打开车厢的窗户迎面就是咸咸的海风味，这是早年海线列车的共同回忆。而当年日南车站日式木造的样貌，至今仍以记忆典藏的价值深植人心。

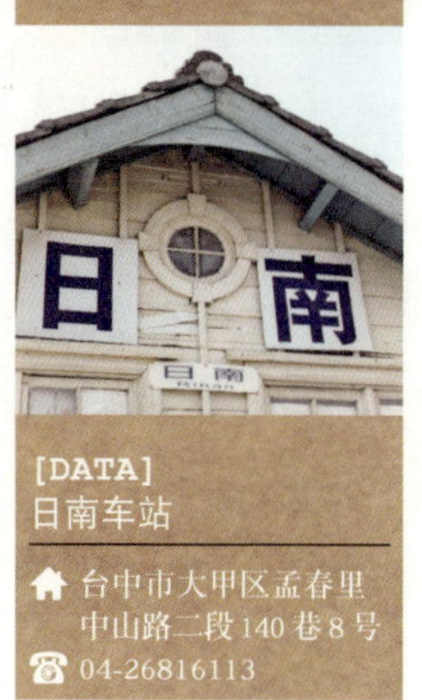

[DATA]
日南车站

台中市大甲区孟春里中山路二段140巷8号
04-26816113

蓝天白云的好天气，让出游的心情也跟着愉悦起来。这里是以大甲妈闻名于台的台中大甲，拜访藏在小巷之中，同样为日式木造老站房的日南车站。

日南车站与苗栗的新埔车站设站的日期为同一天，都是 1922 年的 10 月 11 日，两个站可说是同一个模子印出来的，都是浓浓日式木造站房的典型风貌，拥有 80 多年的历史，至今保存得相当完整。

· 斑驳的剪票口与原木车站

日南车站和谈文、大山、新埔等站采用的都是一样的建筑式样，而这些车站最大的共同特色，就是位于站房侧面的牛眼窗。Y 字形的廊柱环列四周，沿袭着不用到一根钉子的建筑手法，连外墙的结构与用料，也都是一模一样。

我突然一个念头闪过，以前靠站的都是慢车，经过长途跋涉，昏沉沉的旅客要是从睡梦中惊醒，会不会搞错地方而下错站？这样一想，不免也对这美丽的错误感到些许浪漫，以前的人是不计较时间的，上了车就任凭列车摇摇晃晃，一路颠簸到目的地，窗外风景怎么变换，车内的人想着心事，或者就闭目养神，恍恍惚惚间就让时间把自己送到了该去的地方。

剪票口前的木栅栏，表面的油漆已经剥落，露出了原木，更显现出岁月所遗留下来的无情痕迹。斑驳的老印台，以及站长的新印章，就这样停留在横架之上，整体有浓浓的怀旧风。如今也引来许多旅游爱好者与铁道迷的追慕，成了老车站仅存的一种风情。

虽然太阳高高天上挂，绿荫还是带来了些许的清凉。午后的阳光，斜射在木栅栏之上，光和影的游戏，也正精彩上演。站房内的氛围也是古色古香，挑高的三角形屋顶，让空间较为窄小的站房不会给人以不舒适的感觉。

假日的午后，我们愉快地在台中大甲的日南车站度过，如果你也喜欢这种老建筑，那就背起相机，与迷人的日南车站，来场午后的约会吧！

[DATA]
裕珍馨旗舰店

台中市大甲区光明路67号

☎ 04-26872559

食 裕珍馨饼店

有奶油酥饼故乡之称的裕珍馨，开业至今已有四十五年的历史，内馅软Q拥有天然奶油香的奶油酥饼，真的是百吃不腻、不吃会想念，已连续两年荣获台中十大伴手礼首奖的殊荣，可见其美味深受消费者的喜爱。

裕珍馨在产品的口味上不断创新，也是它屹立不倒、迈向一甲子的主要动力。因为用心与创新，开发出许多美味的特色产品，像是以芋头、麻糬和牛奶为食材自行研发的妈祖饼，还有使用台湾土菠萝为内馅的凤梨酥，加上平易近人的价格，也带来了无限商机。来到大甲，除了祈求镇澜宫妈祖的保佑之外，也千万别错过平价好滋味的裕珍馨！

食 阿财米糕店

位于清水的阿财米糕店，美味不在话下，每到假日，总可看见摊位前长长的排队人潮，三角窗的店面相当醒目，没有任何的装潢，却还是吸引着饕客前来。

阿财米糕的招牌米糕相当入味，上头附的肥肉大小适中，吃起来不会过于油腻，粒粒分明的口感，在洒上香菜与淋上甜酱后，更是美味。我习惯加一颗卤肉蛋，将其捣碎后与米糕一起食用，喜欢尝鲜的人，不妨试试这美妙的滋味。另外还有浓郁的香菇鸡汤也是不可错过的好汤头。

[DATA]
阿财米糕店

台中市清水区西宁路105号

☎ 04-26229853

彰化市

扇形车库

运送台湾人共同记忆的列车宝库

全名为台铁彰化机务段的扇形车库，兴建于 1922 年，共有十二个股道，再加上一座转车台所组合而成，而它也是目前全台湾仅存还在运作的车库，在 2000 年时被定为县级古迹。

[DATA]
彰化扇形车库

彰化市彰美路一段 1 号（彰化车站北侧）

04-7624438

彰化除了古迹庙宇多以外，有关老火车的资产保存也是相当丰富，位于彰化市彰美路一段1号，刚好在地下道旁边的扇形车库，就像是一间火车旅馆，住着一群让铁道迷为之疯狂的老火车头。

·退而不休的火车头旅馆

来到这儿先在警卫室填个基本资料，办好换证手续之后，顺着参观路线指示，就可以轻轻松松地畅游这座火车头的旅馆。一进门，会先看到一面大约四层楼高的高墙，这是属于扇形车库的后方，透过最底层的蓝色格子窗望向里面，就可以看见正在旅馆内休息的火车头。再往前走一点儿有个小缺口，可以清楚看见扇形车库内的情形，举凡车头的维修及保养，皆在此处进行。

接下来迎接我们的是停在车库外头编号CK124的蒸汽火车头，以及两辆橘红车身的电气车头，在阳光的照耀之下，三辆火车头一字排开，显得相当亮眼。这台CK124蒸汽火车头，在完成了苏澳新到花莲站的北回卅忆行后，便进驻扇形车库供游客观赏，看它车头上两个镶上金边的圆圈，就像是发亮的眼睛一般，黑到发亮的车身和滚上白边的轮圈，相当可爱，就像卡通片里常看的托马斯小火车一样，充满了生命与活力。

厂区的一隅，利用废弃的电车引擎零件所拼凑而成的机器人也独具特色，跟溪湖糖厂里所看到的装置艺术，有着异曲同工之妙，栩栩如生的表情，也让许多小小朋友在此驻足观看了许久。

· 蒸汽机关车女王进驻

移动车头的方式，就是先将火车头开上大转盘，然后透过控制室的操作，再将火车头转动到所要到的铁轨之上，来完成进出车库的动作。不过在大白天里要看到实际的运作情形机会比较小，现场台铁人员说，会进到扇形车库内的车头大多为货车车头，而货车几乎都是夜间行驶较多，而扇形车库晚上又不开放参观，所以现在要看到实际的调度情形，真的是难上加难。

如果想一窥扇形车库的全貌，可以上到站方所搭建的景观高台上，居高临下，整个车库的轮廓尽收眼底，在扇形车库里停放的火车头，每一辆都有一段丰功伟业可以诉说，像 CK101 蒸汽机车，在 1987 年 6 月 9 日复驶成功，完成环岛铁路怀旧之旅后进驻扇形车库；除了先前看到的 CK101 及 CK124 两台已经复驶的蒸汽老火车头之外，有蒸汽机关车女王美称的 CT273，也从台湾民俗村运回到扇形车库，这些老火车头集合在这里，也让扇形车库充满了迷人的古意。

每一趟的旅程都有起点也会有终点，休息是为了走更长远的路，扇形车库除了是火车头养精蓄锐的休息站外，更具有历史意义和文化保存的价值。我也衷心期盼，国人对于具有历史意义的文化财产都能像扇形车库这样，妥善且感恩地保存着。

[DATA]
猫鼠面
彰化市陈棱路 223 号
04-7268376
09：30—20：30

食 猫鼠面

初闻猫鼠面，还真是有点摸不着头脑，尝过之后才发觉，其实就是传统的切仔面，既没看到猫，也跟老鼠搭不上边，会有这么奇特的名字，全都是因创始人的昵称而来。

猫鼠面自日据时代创立至今已逾一甲子，虽然过了午餐的时间，店内还是坐满了慕名而来的游客以及当地的老主顾。由肉卷、虾丸以及香菇肉丸三种配料，组成了店内的招牌——猫鼠三宝面，配料都是纯手工制作的传统好味道，汤头喝起来，还有淡淡的蛤仔味。流传七十年的好味道，也成了有着独特风味的彰化当地小吃。

食 老担阿璋肉圆

台湾名品小吃的老担阿璋肉圆，以纯手工制作，先蒸后炸，除了外皮软Q之外，内馅也相当饱满，好几块的后腿肉吃起来非常弹牙顺口。内馅中还有来自新社的香菇以及古坑的竹笋，搭配着特调的酱油以及甜酱享用，每一口都是实实在在的好味道。

另外还提供免费的大骨清汤让饕客享用，汤头相当清甜甘醇，桌上还放有特制的辣椒酱以及香菜供客人自行取用，充分展现出店家对待客人的大气度，让远道而来的客人，感到宾至如归。

[DATA]
老担阿璋肉圆
彰化市长安路 144 号
04-7229517
09：00—22：30

彰化鹿港

九曲巷

踩过红砖道，穿越时光弄巷

九曲巷顾名思义，便是小巷子蜿蜒曲折在鳞次栉比的楼房周围。沿着只有三轮车可通行的宽度，鹿港的文化与历史仿佛就能轻易穿越与阅读，这是时间留下的痕迹，也是当地引以为傲的证明。

[DATA]

九曲巷

彰化县鹿港镇民族路163和165号之间的巷道进入

九曲巷的由来是因为在早期鹿港以商业起家，往往要靠船只来运送货物，因此身为重要据点的鹿港，当然是沿着海岸与河口而建。但由于毫无遮蔽，凛冽的海风长驱直入，造成居民与行人的不便，尤其是每年这个时节的九降风，更是造成一片黄土飞扬，于是在巷道的设计上，便采取了弯曲多折的方式，以阻绝强风的侵入。

·怀旧三轮车载客穿越时光隧道

说真的，日正当中来游九曲巷，实在是一件不怎么轻松的事。一来要顶着大太阳行走其间，二来还要忍受不断飙高的气温所带来的折磨，走起路来很快就汗流浃背的，真的很辛苦。古时候还有望梅止渴的妙方，来到这迂回的小巷中，除了大口喝水以外，门上遗留下来的这张又是雷又是水水水的符咒，好像还能起一些消暑的作用。曲折的巷道内还保有古瓦红砖的建筑，虽然古朴之中夹杂着些许现代化的水泥建筑，仍掩盖不住九曲线的迷人风采，早期黄沙滚滚的石子路，如今已被整齐的地砖所取代。

弯曲的小巷中来了一台复古的三轮车，戴着斗笠的阿伯把车停靠在路边，让车上的游客下车，接着就肩负起历史解说的任务。原来当地的小区关怀协会，还提供收费导览的服务，游人可以坐一下怀旧的三轮车，来个鹿港逍遥游，顺便对鹿港的历史有更深一层的认识。

其实鹿港的老街中，大部分的巷道都可称为九曲巷，因为这本来就是鹿港在建筑时的特色，而其中就以这条金盛巷在九曲的表现最为明显，同时也是目前保存最为完整的，因此大家在谈到鹿港的九曲巷时，几乎都是以金盛巷作为代表。

· 瓮墙与掩藏树荫后的凄美爱情

头上这一小段由红砖和暗绿色琉璃瓦堆砌出来的矮墙楼，称为跑马廊，主要是横跨金盛巷，将两边的楼房相连，为昔日骚人墨客夜宴吟咏、煮茶论对之所。而两边连通的楼房正是著名的景点——十宜楼，十宜楼的另一个特色，就是在墙上可以看到非常特殊的瓮墙，虽然已看不出过往典雅秀丽的古建筑，但是在抬头仰望的同时，在我脑海中也正揣摩着当时的热闹景象。

看着路标，另一个景点——意楼，好像就在附近，只是东看西看就是找不到正确的位置。正当要放弃时，才看到其他游客伸长了手，指着上头比手画脚地，这才发现，原来被杨桃树荫所挡住，有着白色圆窗处的地方，就是意楼。带点斑驳的砖墙上，茂盛的杨桃树从墙内伸出，站在下方，树影摇曳，显得特别凉爽，意楼的圆形花窗更显得精致典雅。

其实意楼也有着一段凄美的爱情故事在此流传着。据说在百余年前，意楼中住着一个名叫尹娘的女子，新婚不久夫婿便前往庸山考试，临行前他在墙边种了这棵杨桃树，告诉尹娘：见树如见人，吾试毕即返，不料一去音讯全无，在意楼中守树盼夫归的尹娘，终于含郁而终。

“十月风沙飞不入，九天霜雪动难侵”，正说明了九曲巷在秋冬来临之际，仍然可以保持静暖如春，趁此时节，不妨前来体验一下曲巷冬晴的奇妙景象。

食 蔡泽记水晶饺

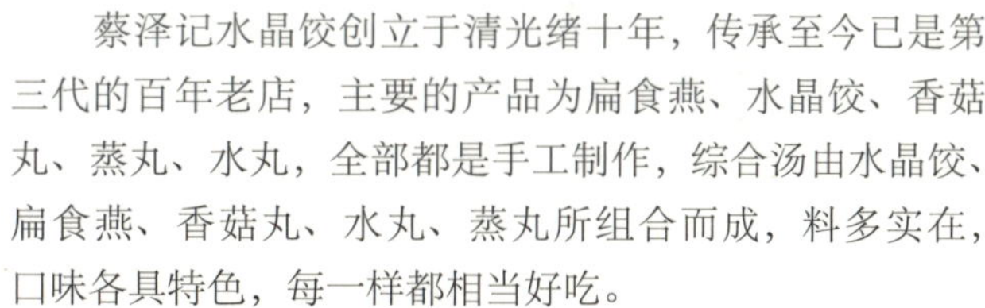

蔡泽记水晶饺创立于清光绪十年，传承至今已是第三代的百年老店，主要的产品为扁食燕、水晶饺、香菇丸、蒸丸、水丸，全部都是手工制作，综合汤由水晶饺、扁食燕、香菇丸、水丸、蒸丸所组合而成，料多实在，口味各具特色，每一样都相当好吃。

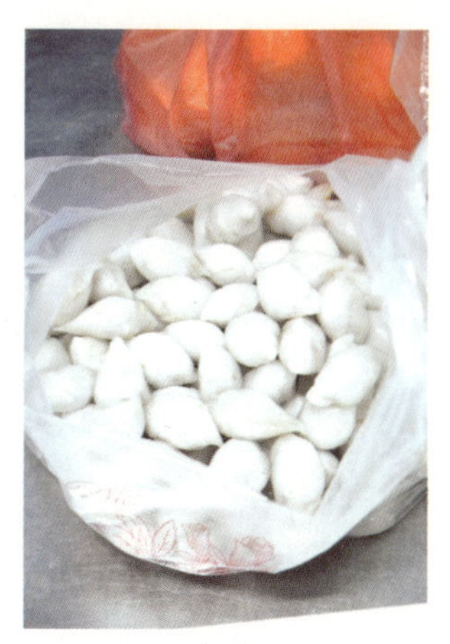

水晶饺非常香Q滑嫩，完全没有咬不断的口感，外表晶莹剔透，内馅不论是口感或是味道，也都令人欣赏。虽然只是位于市场内的小小角落，但美味却是传千里。

[DATA]
蔡泽记水晶饺

彰化县鹿港镇民族路196号（第一市场内）
04-7745496
09：30—21：00

彰化社头

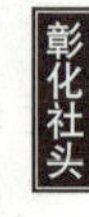

刘氏月眉池

十三护龙围绕，开枝散叶闽式大宅

要到彰化看古迹，大家第一个联想到的应该是鹿港小镇。在民风淳朴的社头同样也有百年规模、保存完好的刘氏古厝，可一窥闽式建筑的大宅邸样貌，深刻亦有古味。

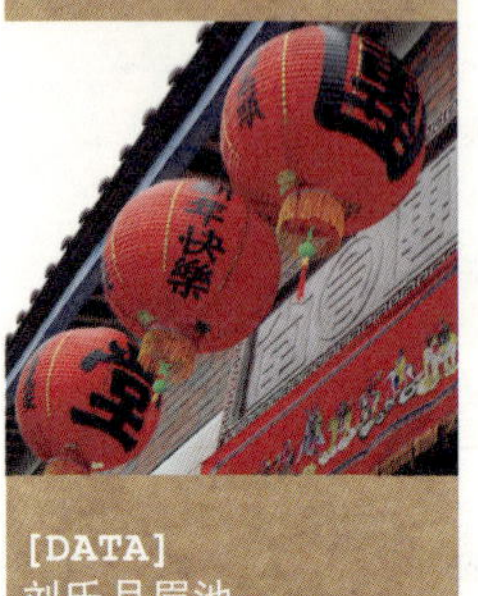

[DATA]

刘氏月眉池

彰化县社头乡湳雅村山脚路三段632巷

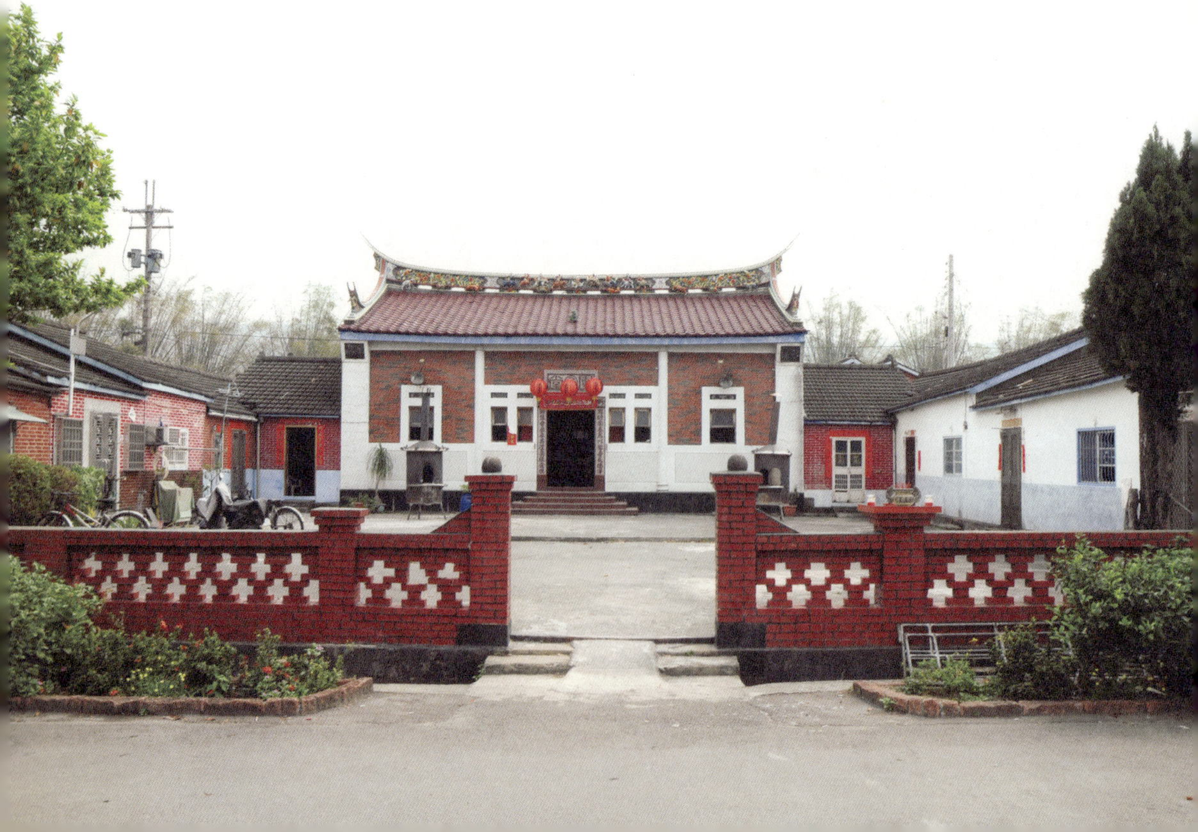

彰化社头除了是袜子的故乡以外，也有一处超过两百多年历史的闽式建筑群，与鹿港小镇的百年古迹相互辉映。刘家月眉池除了三合院的本体，还有多达十三条的护龙以及宽敞的大埕，传统闽南建筑中大块厝的情景，在刘家月眉池毫不吝啬地呈现。

· 院落团聚取其团圆之意

坐落于社头乡山脚路的月眉池，其池水自然涌出，从未枯竭。月眉池优美的风光虽然不再，但以刘宅背山面水的格局来看，水池还是具有聚财的意涵存在；月眉池的后方，就是称为埕的空地，空地前色彩鲜艳的三合院建筑，就是刘家的祠堂——团圆堂。

刘家宅落从空中俯瞰其状似圆形，当初其祖先在兴建祖祠时，为祈求后代子孙皆能团聚，事事圆满，故取名为团圆堂。而现今的团圆堂在1996年时，因遭逢回禄之灾，而后由刘家子孙共同捐款重新翻修而成。

在一般传统的三合院建筑中，其屋顶大多为马背脊式的风格，而团圆堂的屋顶则呈燕尾脊，是因为其第十二代刘元炳先生赴京应考高中举人，在过世之后，受嘉庆皇帝追封为进士，祖祠两端才兴建成燕尾脊式。正厅内供奉着佛像及刘家历代祖先的牌位，而门楣上这块选魁的牌匾，就是由清朝的嘉庆皇帝所赐。除了皇帝御赐的牌匾之外，在正厅外的前埕有一个石制旗座，叫作旗官牌，同样是彰显功名的一种象征。

• 纯朴的童声象征生生不息

传统的三合院建筑是以厅堂为主，两侧呈直角方式排列的称为厢房，闽南则将之称为护龙，这样所围成的“ㄇ”字形就是三合院。一般的农宅大都是五间起的大厝比较多，而刘家团圆堂则拥有左七右六共十三条护龙，也是目前台湾传统民宅中拥有最多护龙的建筑。

社头刘家历经数代的经营，到了日据时期逐渐增建房舍，目前后代约有 800 人，有 200 多人居住在此，过着淳朴的农村生活。百年的建筑，一砖一瓦都弥足珍贵，为了长久保持这十三条护龙的特殊景观，自早年刘家即有规定不得盖楼房，而刘家子孙也都有此共识，而遵守至今。

深入护龙之中，安静的街道，时而传来孩童的嬉笑声，路过的居民，见到我们的到访，也都习以为常地报以微笑，和善的态度，让人感觉自在不少。

在护龙内，还发现了一口水井，外表经过整修，已经焕然一新，为了孩童的安全，也在上头加了个铁盖，虽然少了些古味，但孕育刘家世世代代的生命之泉，仍继续源远流长。

走到了护龙底，又发现了另一个三合院，走进一看，原来这里是属于第二进的广化堂。很神奇的是，广化堂为一间庙宇，里头供奉的是玄天上帝，墙上的壁饰与广场前的圆形拼花地砖，充满着浓浓的艺术气息，圆形地砖上，还贴有一张张的编号。

一直以来，我就很喜欢看这些老房子老建筑，除了传统的建筑工艺值得细细品味之外，那种怀旧的氛围，也督促着我做人切勿忘本的坚定信念，这趟刘家月眉池的文化之旅，可是让我收获满满。

林记手工面线

三合院里舞弄细如银丝的面线技艺

早期在彰化县福兴乡一带，是传统手工制面的大本营，极盛时期将近有十多家的制面厂在此立足，如今却寥寥可数，一些坚持纯手工的有心人还在与时间拔河，企图保留已臻艺术境界的传统技艺。

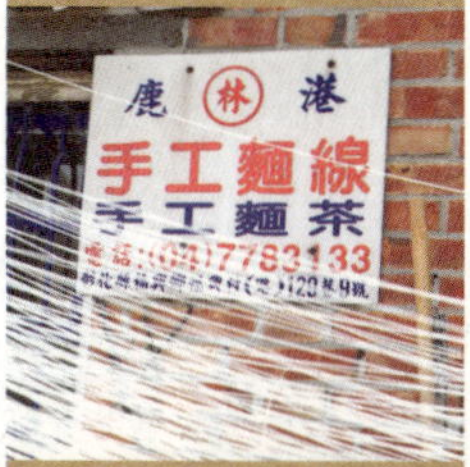

[DATA]
鹿港（林）手工面

彰化县福兴乡福兴村（路）129 巷 9 号
04-7783133

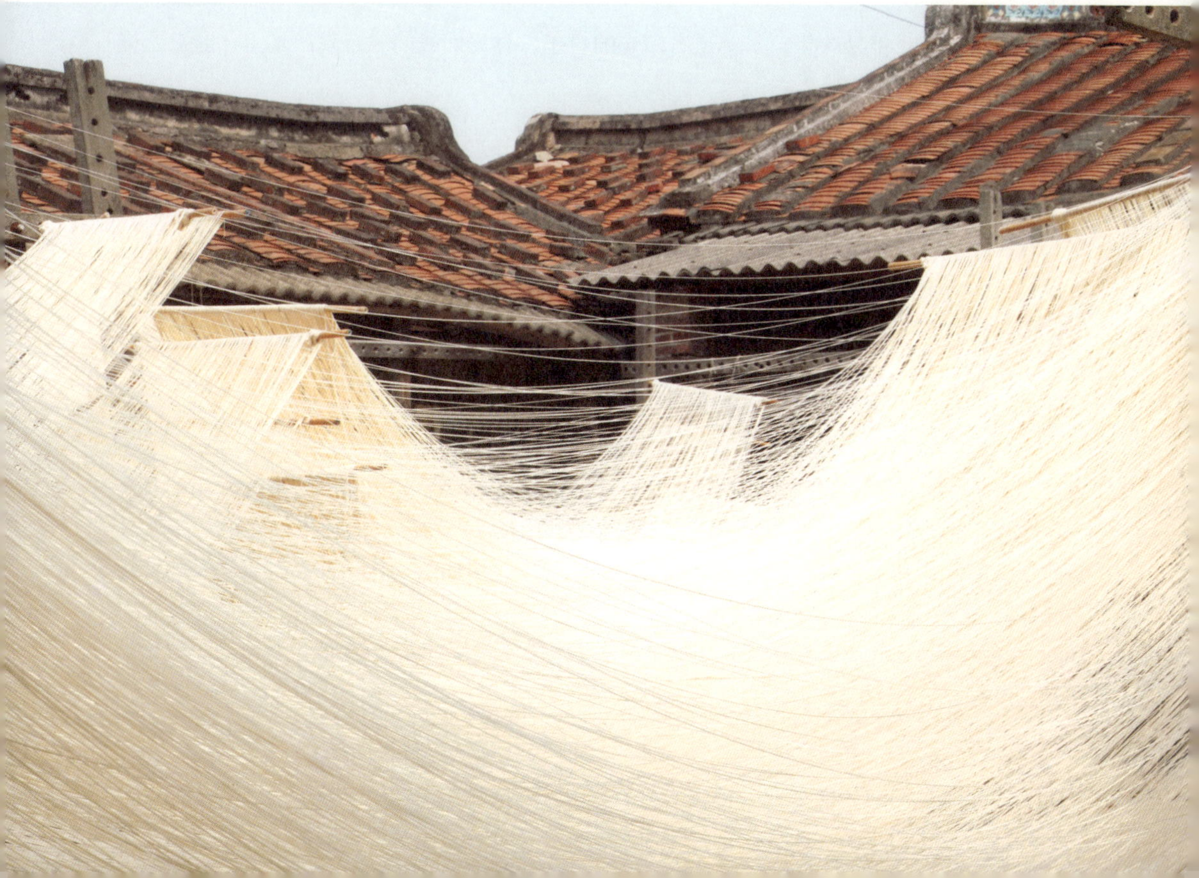

日复一日，年复一年，只要是有阳光的日子，林记面线的三合院广场上，就会上演着千丝万缕的迷人风采。

日正当中充满古味的三合院内，今年已经 70 多岁的张玉枝老太太，正准备将已经晒好的面线收进屋内。她 8 岁时就从帮忙拿晒面用的竹竿做起，所有的青春岁月，全献给了这一丝一丝的面线，纵然每天早上还得因长期搓面、甩面所造成的五十肩，必须到医院做复健。拥有 60 多年传统手工制面丰富经验的张老太太，即使已将这份事业交到了儿子林正义先生的手上，但仍旧无法忘情这份陪她度过一甲子的事业，几乎每天都会来此帮忙。

· 醒面的艺术神乎其技

其实手工制面的过程非常烦琐。第一个步骤会先在小屋子里将面条搓成较粗的长条状，然后再以 8 字形反复缠绕在平行的两根竹竿上后，静置室内约半小时醒一下，让面条自然垂坠到一定的程度后，再移到户外做拉面、甩面的动作，并经过日光曝晒即可完成。

别看林正义先生身材瘦小，甩起面来的身手可是一点儿都不含糊，看似简单轻松地甩个几下，原本铅笔粗的面条，即神乎奇技一般，瞬间化成了千丝万缕，细到连针孔都可以穿过。

广场上的白面线，在阳光的照耀下像是一大片白色染布般白皙动人，另一旁像绢丝窗帘的挂法则是因为下方水分已晒干，而上面的部分则未干，所以要先绑起来以免水分完全丧失而失去了弹性。除了面线是这里的镁光灯焦点外，另一个超人气小猫，名叫喵喵，则在下头不断地穿梭着。因为喵喵不怕生又爱撒娇，很容易和游客打成一片，也就成了面线之外，另一个众人拍摄的焦点。

光影线条的交错之下，形成了一幅幅美丽动人的画面。随着时代的变迁，要看到古朴三合院内晒面线的壮观场景，机会已越来越少了，能够在这里，见识到手工面线人家的那份坚持与传承，真的很不容易。借由一张张的照片，也希望让大家能体会到，其背后所代表的那份珍贵。

彰化溪湖

溪湖糖厂

糖厂小火车，唤起儿时农村记忆

溪湖糖厂在历史洪流中不曾被淹没，虽然引以为傲的制糖产业因应大环境而被迫中断，但如今仍以观光的业态被人们惦记。或许就是这种有点熟悉又不曾远离的感觉，让人们屡屡感到窝心……

[DATA]
溪湖糖厂

彰化县溪湖镇彰水路二段 762 号

04-8855868

成立于 1919 年的溪湖糖厂，前身为大和制糖会社，由鹿港名人辜显荣所创立。后来与明治制糖株式会社合并为明治糖厂，台湾光复后，则改隶属于台湾糖业所有。1954 年 7 月，将彰化及溪州两糖厂并入，成为彰化县唯一的糖厂，到了 2002 年则停止了制糖业务，转型发展观光业。

· 废弃零件巧妙变身装置艺术

溪湖糖厂被车水马龙的彰水路所隔开，一边是冰品贩卖部、餐厅以及旧宿舍，另一边则是制糖的厂区。踩着夕阳余晖逛逛厂区，真是一件惬意的事，旧式的火车头跟货厢就在废弃的铁轨上展示，这是俗称大日立的日立牌 1067mm 轨距的柴油机车，而火车的另一侧则可看到两个石车（又称石轮），是早期用来压榨甘蔗制成红糖的器具。

厂区里有许多利用制糖工厂以及从汽车上所拆下的零件及五分车的铁轨所组成的装置艺术，每一个主题都是栩栩如生的创作，意境表达相当明确，看了不禁让人会心一笑。

溪湖糖厂文物馆内则展示着糖厂历年来的制糖设备及铁道文物资料，而糖厂的精神地标——大烟囱，当然也是不能错过的景点。虽然已经不再冒出缕缕的轻烟，但那种直达天际的壮阔感觉，我想应该也是老员工们怀念往日糖厂繁华情景的最好见证。

· 怀旧味浓厚的木制售票亭

来到了五分车的起点站，这座由木头搭建而成的售票亭，外表小巧可爱，还有着浓浓的怀旧风情，写着五分车售票与搭乘相关说明的木条，一根根整齐地挂在票亭上，这样的设计方式，还蛮有特色的。售票亭旁还有老火车头346的展示场，俗称黑头仔的这台蒸汽机车于1948年出厂，为比利时制造，服务了28年之后，于1977年退休。后来糖厂发展观光业，经过修复之后，于2007年重新启动，行驶铁道的轨距为762mm，约是国际标准轨1435mm的一半，因此称为五分车。

此次虽然因为不慎错过五分车的发车末班时间，坐不到五分车，但那种奇妙的体验，我想应该跟曾经在乌树林糖厂所搭乘的轻快感是一样的。五分车以十公里的时速，缓缓通过马路之后便进入了蔗田，车上的解说员还会拿着“大声公”，讲解两旁的农作物以及糖厂的点滴，一场农业的知性之旅，在欢乐声中不断地进行着。

台湾制糖业的兴衰史，就像铁轨一样有直有弯，纵使来到轨道的尽头，并不全然是终点。对于溪湖糖厂来说，就是另一个起点：褪去制糖荣景之后转而发展观光业，这不就是老糖厂重生的开始吗?

Area 4

云林·嘉义·台南

开台三百年，
这块土地上的人民一棵草一滴露感念先人的遗风与历史的恩赐，
农村县市与开垦地的故事，
更是宝岛子民切身经历或者曾经耳闻的。
以渔获哺育沿海农民的云林台西，
海口村以彩绘感念大自然的恩赐，
同样有异曲同工之妙的是拼贴马赛克巷弄的嘉义板头小区，
或者走入朝天宫向女神妈祖祈祷求愿，
安平茉莉巷宁静悠闲的午后时光与老街的人声鼎沸形成冲突却美好的市井画面，
走过岁月的江家古厝以家和万事兴的家族情感见证台湾人的真情……

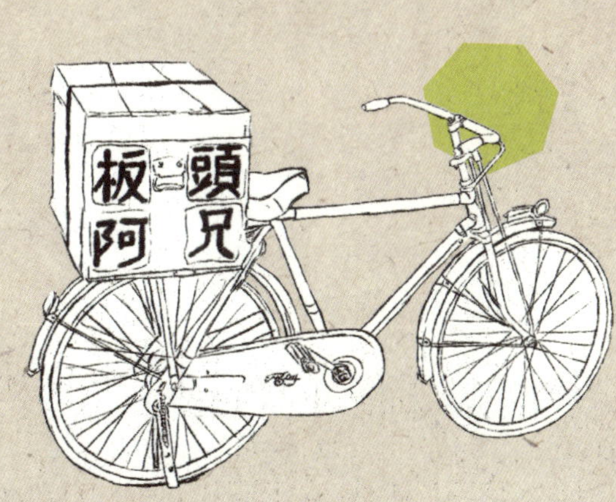

云林西螺

西螺老街

唤醒旧回忆，老房子的重生艺术

发迹于公元 1930 至 1945 年间的西螺老街，是早期台湾水陆货运交流的重镇之一，当时最热络的商业交易场所就数这条延平路，如今老街上的建筑多半已人去楼空，或转变成另一种样貌在时间洪流里挺立着……

[DATA]

西螺延平老街

云林县西螺镇延平街一带

西螺老街的建筑大部分为现代主义建筑，采取了较为简约线条的设计形态，少数则采用仿巴洛克的形式。狭长形的街屋有 60 多年的历史，大多为二到三层楼。老街上的街景与建筑轮廓满是古色古香的味道，虽不像大溪老街立面的雕刻来得精细与复杂，但还是别有一番怀旧的风味。

· 新空间保留旧设计，老屋风情别具

西螺的老街屋，大都经过整修，但外观仍保持着旧时的模样。像是螺溪齿科，是以一间为单位的立面装饰，非对称的两个大弧形立面，配以三角形的木窗，右方有一圆拱的分割形态加以小阳台窗户，二楼窗户是配用风翼箭形的窗棂，骑楼墙面刻有招牌，为装饰派风格的最佳代表。

金玉成商行是属于同一家族的建筑，为三间一体，外墙为洗石子的形式，阳台面则有圆铁圈的护栏，看起来就像是个富贵人家。而最具代表的就是其三楼上方突出的钟楼，也是老街上一个独特的坐标。

隔壁螺情怀旧冰醨卤味，店内保留原有的砖瓦梁柱，再将屋顶改为全透明的玻璃，外观看来和其他店家并无不同，但进入店内中庭有个小水池，后方则是边吃卤味边看天

景的用餐空间。

·旧屋翻新，住家改装文化场所

西螺的老街屋中，二楼以上大多设有阳台，女儿墙的出檐较深，在屋楼的中间处会用一个立面山头，上面常印有姓氏或是店号，通常可以直接由此知道屋主的姓氏与职业。只是我睁大了眼睛看着这些老屋，却遍寻不到任何的蛛丝马迹，我想应该是在后期整修时被拿掉了才对。

人去楼空的荣德商店，则获选为旧厝点新再造计划的重建目标，颓圮严重的老屋，在经过重建整修之后，会以何种面貌与世人相见，就让我们拭目以待吧！

立面宽阔的东市场，当初可是面临被拆除的命运，所幸在小区居民以及文史团体的争取之下，为了保存当地文化而得以幸存下来，加以整修之后，如今成为民众休憩与小型户外展演的文化场所。而贩卖区的部分，则主要销售西螺地区的特产。

由顺成行所改装的西螺老街图书馆，为小朋友提供了一个休闲与阅读的空间，馆内的藏书虽然不多，但都是集合了大家的努力所共同完成的。目前除了前栋规划为小区图书馆外，后栋将其整理为西螺扶轮社的会议空间，二楼则规划作为背包客来西螺自助旅行时，提供一个简单且平价的住宿空间。

· 丸庄酱油，西螺当地的百年招牌

酱油也算是西螺的名产之一，大街上随处可见各家酱油厂的招牌。位于西螺延平老街上的丸庄酱油，创立于公元 1909 年，迄今已超过一百年的历史，可说是西螺地区历史最悠久的酱油品牌。

巴洛克式风格建筑的门市，门口高挂着大大的酱油瓶，热情地欢迎每位游客的到来。随着时代的变迁，几年前老店也曾遭逢经济危机，在新一代接手后力求创新，改造老品牌翻修旧厂房，进而成立了第一家以酱油作为主题的观光工厂，也让这传承百年的制酱油技术得以继续流传下去。

来到屋后的晒缸埕，一排排整齐的瓮缸既壮观又美丽，里头装的都是以古法酿制的全手工酱油，而一缸又一缸的大瓮，则是酝酿美味酱油的摇篮，其天然的材质可以稳定瓮内黑豆的温度与湿度，进而酿造出一瓶又一瓶的好酱油。其实手工酱油的酿造是靠人员的经验，每一道程序都必须顾虑到温度与湿度，季节时间的不同，需要的条件就会不一样，要酿造出纯正的黑豆酱油，靠的是老师傅宝贵经验的累积与传承。

由于西螺地区得天独厚的气候环境与肥沃土壤，加上丰沛的浊水溪作为灌溉，因而奠定了丸庄酱油的百年王朝，当然丸庄的古法酿造技术，坚持传统的纯酿黑豆荫油，也是主要的功臣之一。丸庄的招牌以黑豆荫油最为出名，采用自然发酵的古法技术，经过一百八十天纯手工的酿造，制造出具有独特麦香甘甜香醇的产品，是来到西螺一定要带回家的伴手礼。

虽然延平老街的规模不算大，但处处都可见到岁月所留下的历史痕迹。在地方人士的推动之下，老屋活化的工作持续进行中，我也真心地期盼，延平老街能够恢复往日的繁华荣景，让最富当地特色的文化与建筑，永永远远地流传下去。

云林台西

海口国际彩绘村

老渔村彩绘养蚵人生

走在寂静的村落之中，行人三三两两，空气中尽是海的味道。堆积如山的蚵壳，静置于一角，这里是云林台西的养蚵小村落，两位阿嬷一边话着家常，一边忙着将蚵壳连接成串……

[DATA]

海口国际彩绘村

云林县台西乡海口村中山路 299 巷 / 文化路口

05-6983947（台西艺术协会）

老渔村，新风貌，云林县台西乡，从来不是黑道的故乡，《台西风云》中黑道少年亡命天涯的电影情节，在此更是不复见。淳朴的民风，与世无争的静谧小渔村，因国际青年志工每年寒暑假期间的投入，让海口村成为充满异国风情的国际彩绘村。

· 蚵苗的故乡与彩绘的童话

你或许不知道，台湾的蚵仔苗将近三分之二，都是来自云林县台西乡。道路两旁堆得像小山一样高的废弃蚵壳，传出的阵阵臭味，总是让人掩鼻。或许你会问这些废弃的蚵壳为什么不清掉，其实这是蚵壳再利用的一种方式，主要是因为蚵苗需要有附着物才能生长，废弃的蚵壳，也就有被拿来重复使用的理由。

旅途中的小转弯，总是会有意想不到的收获。宽广的台 17 在线，车辆总是呼啸而过，放慢车速的我，被这条迷人的美人鱼所吸引，顺着路标，来到这充满异国风情的国际彩绘村。

一转进堤岸道路，就有小惊喜，白色矮墙上，谱出了一条长长的世界童话故事街；来到中山路上的台西中学，当地人利用教室的墙面，制作出巨幅的蚵贝壁画。壁画由曾赴美国学习壁画艺术的云科大硕士许秀云设计，画中有烟囱、渔妇、海鸥、竹筏等，凸显了大型工业烟囱下讨海人的意象，渔妇前方有一颗大眼睛，象征沿海居民内心的希望。壁画的材料全都取自台西当地，有文蛤、牡蛎、孔雀蛤、赤嘴等二十多种贝类，以及讨海人常喝的保力达、啤酒等玻璃瓶，这幅名为希望之海的蚵贝壁画，忠实呈现了沿海的人文与产业特色。

· 志工的创作与鲜艳的壁画

除了色彩鲜艳的大型壁画以及拼贴之外，走在海口村的巷弄之间，你会感到惊艳。矮平房的墙面上，都被涂上了色彩，来自世界各地的志工青年，让这个小村落，成为名副其实的国际彩绘村。从 2007 年起，台西艺术协会与愿景青年行动网协会，每到寒、暑假就会举办台西国际志工营，邀请各国青年来台文化交流，体验渔村生活的同时，也协助清理、美化社区环境，原本的三合院，成了海口生活艺术馆。

这里需要预约参观，平日并无开放。虽然不得其门而入，但在馆外的墙面，就可欣赏到各国志工所绘制的代表着自己国家风采的文化彩绘，老房舍的外墙纷纷画上了新色彩。来自亚洲的日本、韩国、中国香港，欧洲的西班牙、英国等国家地区，加上台湾本地的志工，让原本灰白的墙面，变得更加多彩多姿。各国著名的地标与文化，在这里也可以见到，还有代表着各国国花的花系列彩绘。

充满童趣的各式主题，看过之后让人不禁会心一笑，时间的久远，让墙上的彩绘略显斑驳，没有太多游客的彩绘渔村，虽然略显冷清，但仍不失其迷人的光彩。不知今年是否还有再举办青年志工营的活动，墙上的彩绘也不知道还能不能继续保留着。趁着这些美丽还未消失，有机会的话，不妨来台西乡的海口彩绘村走走，看看淳朴养蚵农村，另一种彩色的风情。

云林北港

北港朝天宫

心诚则灵，百年香火缭绕妈祖信仰

妈祖信仰，长久以来一直是中国沿海各省居民主要的信仰，在传至台湾后，更成为人民信仰乃至生活极为重要的一环。而位于云林北港的朝天宫，供奉的就是俗称『北港妈』的天上圣母。

[DATA]
北港朝天宫

云林县北港镇中山路178号

05-7832055

公元 1694 年，树璧和尚自福建湄洲天后宫移驾妈祖神像到台湾，开启了北港朝天宫 300 多年的悠久历史，也使得朝天宫成为台湾列管的二级古迹，香火鼎盛延续至今。

· 木榫嵌合，藻井工艺繁复精致

在庙埕外，完整保留着建庙当时的石围墙，围墙的栏柱上，分别耸立着东西南北四海龙王的石雕，立于石墙侧的石狮则有一大一小共两对。除了常见沿着庙檐作为装饰用的水车堵外，我又发现了水车堵上头有一个外国人形的泥塑，询问过庙方，才了解是取其大力士的意涵，将庙檐牢牢撑住，象征着屹立不倒。

进入宫内，抬头就可望见台湾寺庙中最常见到的藻井建筑，跟其他寺庙比较起来，朝天宫的藻井工艺可说是相当复杂，由下往上望，真的是构造烦琐且手工精致。更令人赞叹的是，一根铁钉都没用到，完全是由木榫嵌合而成，环环相扣之下，堪称是力与美的完美结合。

妈祖的左右护法——千里眼与顺风耳，当然也是朝天宫里不可或缺的两员大将，而朝天宫里左右护法的颜色和其他寺庙所见到的刚好相反，这也算是朝天宫里的一绝。

· 神像座下水井，象征饮水思源

朝天宫共有八个殿七个炉，我想很多人都跟我一样，来到宫里参拜，一时可能摸不着头绪要从何拜起。庙方很贴心地制作了参拜顺序的标示牌，让第一次造访的朋友们安心不少。来到朝天宫正殿，供奉着天上圣母妈祖神像，在殿内神龛之下尚保存一口古井，神座立于古井之上，象征着饮水思源；正殿内神龛所供奉的妈祖，有大小共七尊神像，最前列的就是由湄洲奉请而来的妈祖神像，中间则是分身出来的二妈到六妈，最后列，也就是体积最大的一尊，则是镇殿妈。

朝天宫 300 多年来香火鼎盛，各地信众及分灵的庙宇众多，每年进香盛期，都会在正殿内举行庄严隆重的刈火仪式。供桌前的这座万年香火炉，此时就肩负起传递香火的重责大任。仔细观察每扇庙门上的门神，也是别有千秋，分别以天干、地支，以及二十四节气作为命名。而卍字墙，也是难得一见的特殊工艺，全部都是匠师以手工砌砖而成。观音殿前的孝子钉，更是神迹的显现。

· 神迹显现，虔诚许下心愿

来到凌虚殿，最吸引人注意的则是中门两旁格扇窗上的螭虎团字。说真的要是没有经过解说，相信大部分的人应该都看不出来，左右两旁分别为功参造化与德配乾坤，最妙的是每个字均由二只螭虎所组成，雌雄成双，意味着阴阳相辅相成之道。一旁还立有《重修诸罗县笨港北港天后宫碑记》之石碑，这座由白石雕刻而成的碑记，可说是朝天宫重要的历史文物。

最后来到注生娘娘殿参拜，顾名思义，来到这儿为的就是求子求女，只是千万要记得，想生男孩就向娘娘掷筊求取黄花，想生女孩的话，就得求红花，回家后再把花戴在头发上睡觉，让其自然落下，接着就是静候佳音啰！

位于虎门的出口处，设有朝天宫文化生活馆的摊位，有兴趣的朋友们在参拜完妈祖后，记得去逛一逛。其实不管祈求的是大愿或小愿，只要是怀抱着一颗虔诚的心，相信北港妈一定会听到的，我也深信，她会尽所能地达成每个人的心愿才是。

食 日香珍饼铺

[DATA]
日香珍状元囍饼

云林县北港镇中山路141、143号

05-7835360

www.rsj.com.tw

位于朝天宫前的百年饼铺——日香珍，红底黑字的招牌相当醒目，宽敞且明亮的店面有着各式口味的大饼任君选择，只要你愿意走进来，店家都会很大方地提供各种口味的大饼提供试吃。

传承至第三代的店家仍旧坚持传统，口味则不断创新。香Q饼内有麻糬、肉松及蛋黄，料多实在，每一口都是绝佳的好滋味。芋泥麻糬，口感相当软Q，采用了大甲芋头作为原料，不添加任何色素，让消费者吃出健康与美味。品尝这传承百年的好味道之后，别忘记带一份兼具传统与创新的大饼回家当伴手礼。

食 阿丰面线糊

阿丰面线糊是间拥有四十多年历史的传统老店，面线糊加颗蛋之后，让原本口味清淡的面线糊，风味变得更佳且富含营养，最后再淋上卤汁提味，就成就了这碗流传四十年的当地美味。

煮成糊状的面线不需多加咀嚼，轻易就能入口，除了招牌面线糊与油饭之外，店内还有许多特色的小菜，像是卤蛋白、苦瓜丸、卤爆皮，都是独具特色的美味。还有爆皮鱼丸汤，光听名字就很吸引人。简单的小吃，却有多样化的选择，虽然不是山珍海味，却是最富当地特色的传统美味，传承至第三代的阿丰面线糊，在北港妈的守护之下，将继续服务当地的乡民，直到永远永远。

[DATA]
阿丰面线糊

云林县北港镇中山路198号之1

05-7830773

食 金捷发煎盘粿

老字号的金捷发煎盘粿，几乎是当地人享用早餐的必来之处。光看招牌上的价格，就知道肯定是平价又实在，像是排列在锅上的煎盘粿，一片只要 5 元。煎盘粿吃起来的感觉，就跟萝卜糕差不多，只是在品尝的过程当中，多了一份怀旧的古早味。

点一碗搭配着卤大肠和糯米肠的综合口味几乎是每个客人来这里的选择，一枚 50 元的硬币，就可以享受满满一碗的美味。来到这儿就尽情抱着入境随俗的心态，与当地乡亲一同来个早餐的体验之旅吧。

[DATA]
金捷发煎盘粿

云林县北港镇中山路 80 号

嘉义竹崎

竹崎车站

恋恋阿里山，怀旧的老月台

阿里山的小火车远近驰名，从山脚下一路颠簸往上爬升，而山脚下的竹崎车站，现在以迷人的绿色新装，融入当地景色里，要带领念旧的旅人缓缓向老台湾的回忆前进……

[DATA]
竹崎车站

嘉义县竹崎乡竹崎村旧车站 11 号

一抹的浅绿，带领我们回到了往日的旧时光，迷人的木造老车站，总是能勾引我无限的遐想。位于海拔 127 米高的竹崎车站，兴建于公元 1910 年，至今已有百年的历史，公元 1946 年因老旧而重新翻修，遂成为今日所见的模样。

竹崎车站是目前阿里山铁路沿线中仍继续使用，且保存完整的桧木结构建筑，延续了木造车站的建筑特色，全都是采用榫接的方式，极少用到钉子，也因为所选用的桧木材质不易损坏，而得以从日据时代保存至今。浓浓的日式风味与静谧的氛围之下，漫步于此，尽是满满的惬意与悠闲。

· 平地线与山地线列车交会点

距离嘉义车站 14.2 公里，为阿里山森林铁道的登山起点，因为竹崎站是平地线与山地线的交界站，早期火车必须在此添油加水，将 18 吨平地用的蒸汽火车头改成 28 吨的蒸汽火车，因而在此将火车掉头，以后推的方式推动列车上山，形成沟内之三角线轨道，火车以三角前进后拉方式掉头十分新奇，因此成为闻名全世界的火车“倒退噜”奇景。

漆上浅绿色的站房独具特色，让人有种清新的感觉；站房内的木制长椅因为换上了新装而少了一点点的古味，但从外观形式还是可以看到历史所留下来的痕迹；原木铺成的候车月台，更是别有一番风味，交错的铁轨，分别往远方无限延伸下去，古朴的竹崎小车站，正散发着独特的魅力。在这静谧的氛围里，就请旅人慢慢享受这片刻的美好吧！

嘉义新港

板头小区

乡间小路的马赛克水牛墙

从嘉北公路转进村子后，位于路口处出现几只以马赛克拼贴的台湾水牛，其色彩绚丽而优美，栩栩如生的模样真是令人赞叹。这里就是以交趾陶剪贴艺术闻名的板头小区，而眼前奇景还只是其一。

[DATA]

板头小区

嘉义县新港乡板头村5邻17之1号

05-7813960、0982-502919

板头村在早年的古笨港边有个巨大灰色的堤防墙面，因为太过于刻板，使得当地艺术家决定将其改头换面，以台湾原生种苦楝花为题材，融入交趾陶拼贴、搭配酒瓮剪粘工艺巧手改造后，完成了全台最大的越堤大壁画，不仅柔和了单调的堤防也丰富了当地的色彩。

· 全村出动，老农村改头换面

板头小区以交趾陶和马赛克拼贴，将这里摇身一变成为一个富有农村童趣的地方，这个聚落其实并不大，但走在幽静的小径上，却处处皆是惊喜。

淳朴平凡的小农村，在板头窑主的支持下提供交趾陶材料，家家户户积极地投入参与小区的改造，开始为村里的堤防、围墙和建筑墙面着手做装饰。连板头小区的旅游导览图也是用马赛克拼贴剪黏而成，可见大伙的用心，走进板头小区，就仿佛置身在艺术村里面。

一开始我还因为确定不了方向，决定沿着水牛群右边的巷子直行，来到了颇具趣味画面的围墙前。围墙以可爱的漫画人物和动物为主题，将充满童趣的小朋友玩捉迷藏、爬围墙和逐羊等场景搬到围墙上，个个表情生动活泼，吸引了无数的游客驻足拍照，我们也有模有样地学这几个小孩儿的动作装一下可爱。当然还有躲猫猫的小女孩，也曾因被许多媒体报道成为众人争相询问的景点，这几幅作品也是板头村令人着迷的景点之一。

·强韧生命力，苦楝花当地精神

顺着乡间小路，恣意地绕着，却也是与交趾陶艺术创作展开美好邂逅的开始。也可以踩着单车或搭乘改装过的小火车或古早巴士，深入板头村的乡间，来一场与交趾陶壁画的欢乐之旅。白浪淘淘我不怕，四个捕鱼的小学生，每个表情都是那么传神可爱，还有骑单车的小朋友，后头跟着一个苦苦追赶的小娃儿和小狗，一幅幅迷人的作品，也让整个村落充满迷人的风情。

板头村在冬天时海风凛冽，一般的树木生长不易，而苦楝这台湾原生种的树木，却能生长得很好。它春天会开出白花，夏天则为绿叶，秋天结成黄色果实，入冬后全树呈现枯枝的假死状态，以待来春再放花蕊，展现出强劲的生命力，也象征着板头村居民的精神。尽管板头村没有令人炫目的观光景点，但还是以独特的交趾陶壁画，用一步一脚印的方式悄悄走上了台湾的观光舞台，要让所有的游客感受板头村朴实野趣的陶艺

世界。

新港的板头小区原本是一个名不见经传的村落，却因交趾陶剪黏艺术，在这一两年来，逐渐成了游人口中争相走告的新景点。每一户人家的围墙，都像是在叙述着一段故事，有养牛人家或是糖果屋，连椅子都是以叶片造型作为拼贴，相当有意境。

[DATA]
板头厝车站

嘉义县新港乡板头村

· 等待旅人归来，板头厝车站

农村再造后的板头小区，除了迷人的交趾陶剪黏艺术外，其实还有许多乡土文学的保存与复旧值得一看。循着路旁的旧铁道继续探索，沿途都可看到这些以动物或是人偶等不同造型装饰的可爱座椅，鲜艳的色彩及图案，总是让人眼睛为之一亮。

来到了板头厝车站的旧址，这是一栋仿古车站的老建筑，由陈忠正、陈明惠两位小区规划师出钱出力，在2008年依原建筑物重建完成。25坪（约82平方米）大小的板头厝车站，原是台糖嘉义北港线的五分车停靠站，1911年开始负责甘蔗的运送，后来也兼运货物和旅客，为沿线居民出入与学生上下课搭乘的重要交通工具，到了1982年，因成本太高终于画下句点。这条铁道历经了72年的历史，也被嘉义县府认定为历史建筑遗迹。

尽管台糖小火车已一去不再复返，车站内部的陈设也相当简单，但是站内仍保留着许多当时的老照片，以及一台迷你的五分车供后人怀念。廊下的长条椅，虽已见不到候车的旅客，如今则成为游客嬉戏休憩的好地方。位于车站旁的板头小区顺口溜，也娓娓道出板头村的村民们希望有那么一天，火车能够再到板头厝车站的心声。虽然这是条废弃的铁道，但仍承载着板头村人的希望。我相信在有心人士的努力推动之下，这里将成为广受国人欢迎的观光路线。

食 板头阿兄

板头阿兄以民初时期的古早味摊子打造出一处让人有时光倒流感的想象空间，店内古朴的桌椅，就像是电视中的客栈场景，整间店充满了怀旧的气息。

板头绿豆馔据老板表示是全省独卖，风味独特，以冰糖汤底、新鲜绿豆仁加上香酥油条饼，老板强调是自制不使用回锅油，可以放心食用，享受最原始的风味；另外还有千里顺风汤，为妈祖手御，选用冰糖、福圆、白木耳加上红枣等细熬慢煮，有丰富的胶原蛋白，以养生养颜闻名；此外，有着浓浓古早味的冬瓜鲜奶粉圆，也是相当好喝的饮品。

[DATA]
板头阿兄

嘉义县新港乡板头社区板头厝车站旁

☎ 0938-612605

嘉义市

嘉义市史迹资料馆

桧木香飘散，日本味十足的秋日会馆

嘉义市史迹资料馆已有七十年的历史，其典雅的日式木屋建筑，经过整修之后，外观结构复原得相当精美，在庭院前的枫叶转红之际拜访，真是别有一番浪漫的风味。

[DATA]

嘉义市史迹资料馆

- 嘉义市公园街 42 号
- 周二至周日 09：00—17：00（每周一休馆）

嘉义市史迹资料馆就位于嘉义公园内，四周被翠绿的树林所环抱，创建于 1943 年，建筑物的前身是日据时期嘉义忠烈祠附属的斋馆及事务所，斋馆是前往忠烈祠祭祀前斋戒和准备的地方，而事务所为忠烈祠的行政管理办公处。

· 浴火重生，忠烈祠保存完整

台湾光复之后，忠烈祠将斋馆及事务所摒除于外，斋馆及事务所曾由国军 828 医院借用，至 1987 年归还嘉义市政府。

嘉义忠烈祠的本殿在遭受祝融之灾后全毁，原址现已改建为射日塔。而忠烈祠就位于射日塔的底层，虽然本殿的部分已经消失无踪，但原有忠烈祠配置的格局尚在，往射日塔的方向望去，原有的参道及两旁的石灯笼和高丽犬仍保存良好。顺着参道而上，附属建筑物的遗迹陆续呈现在眼前，首先会看到位于史迹馆东侧的祭器库，这是用来收藏祭祀用具的库房，外墙为混凝土，中段的部分以水泥模仿木作线条，风格相当独特；常见到水手舍就位于史迹馆的正前方，独立的四柱亭建筑，梁柱被漆上鲜艳的红色，亭中则放置了不规则的八角形水槽，槽内放置石水盘，只是不知道是否因为忠烈祠已不在的关系，池中并没有看到潺潺的流水；水手舍的旁边则是参集所，其作用在容纳众多的朝拜人员，同时方便快速进出，而且还能够遮阳避雨，属于半开放性的亭式空间。

· 顺游串连孔庙与射日塔

回到史迹馆，看看这两栋属于日式书院形式的木屋建筑。木屋使用天花板、方形柱、榻榻米系统、纸横拉门、外廊道等建筑要素，斋馆及事务所各具不同的功能，但同为忠烈祠的服务设施，两栋建筑设有中廊作为进出的通道。漫步其中，静静享受它的建筑之美，不时飘来的桧木香，让馆内馆外散发出温暖及幸福的味道。馆内则展示着有关嘉义的产业、人文、艺术与教育，共分为 8 个区域展出，在这里驻足，可以轻松地了解到嘉义的过去与现在，但为了保护这些珍贵的文物，请大家务必记得，馆内是禁止拍照的哦！

构造精美优雅且具有唐风工艺之美的嘉义市史迹数据馆，包括了祭器库、参集所、手水舍及参道等，于 1998 年被嘉义市公告为市定古迹，与外围的射日塔、孔庙等景点，形成了嘉义市重要的史迹文化游憩区。有机会的话，建议来嘉义公园走走，除了可以享受都市中难得的一片翠绿之外，更可以一次看尽三种不同风貌的建筑特色哦！

食 刘里长鸡肉饭

位于小巷中的这家老店，门口总是排了一条长龙，店内则是早已高朋满座。已经拥有 30 年以上历史的刘里长鸡肉饭，秉持着好吃又经济实惠的原则，成为嘉义当地的好滋味。

鸡肉饭带点鸡皮又油又亮的鸡丝肉，淋上香喷喷的特制鸡油，洒上一些炸过的油葱酥添加香味，独特的口味，光看就让人感觉鲜嫩味美；鸡片饭则采用纯正的火鸡肉，比起鸡肉饭，这一大片的鸡肉吃起来更加过瘾，尤其火鸡肉的口感软嫩而不柴，搭配着酸菜和腌萝卜一起食用，可说是相当下饭。

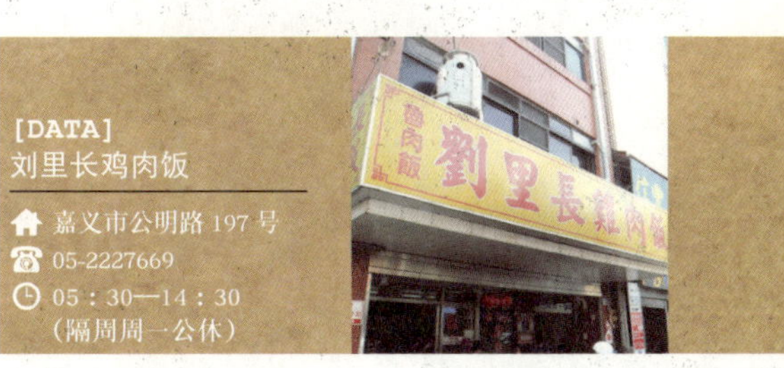

[DATA]
刘里长鸡肉饭

嘉义市公明路 197 号

05-2227669

05：30—14：30
（隔周周一公休）

台南安平

安平茉莉巷

家的味道，隐藏在花香巷弄里

走在繁华热闹的安平老街上，稍微不注意，就会错过茉莉巷这条美丽的小巷，巷口由红砖砌成，巷名书写在木制招牌上，虽然只是一条小小巷弄，但充满绿意的温馨景象，更胜于热闹喧哗的老街。

[DATA]
安平老街

台南市安平区延平路

只容两人擦身而过的蜿蜒小径，在两旁住户同心投入绿化之后，变成了这条“茉莉巷”。除了有青翠绿意的水中植物外，还有别出心裁的漂流木艺术造景，无论在地上或是墙上的袖珍花台皆可见到一盆盆的茉莉花，让整条巷子充满了绿意。我在想，到了花开时节，缤纷的花朵配上阵阵的花香，想必茉莉巷届时会更加迷人美丽……红砖道、绿围篱、老宅第，一条充满温馨的小巷子，就隐藏在喧嚣老街的静巷里，别有风味的茉莉巷，绝对是来老街体验清幽宁静的另一种选择。

·旧校舍、煮碰糖与蜜饯始祖

巷子底的乡土文化馆，是一栋日式的木造房屋。这里原本是西门小学的日式校长宿舍，兴建于创校后1913年与1924年之间，距今约有80余年的历史。因为年代久远，校长宿舍已老旧荒废，木造外观等大体建筑尚保存良好，透过安平港历史风景区整修民宅的经费挹注，经过两年多的整建，终于成为了文化气息浓厚、历史内涵深厚的乡土文化会馆。从这栋保存相当完好的日式房屋里，可以看出许多木造房屋的特色，有纸糊的拉门、拉窗，木板条拼成的地板，以及铺着乳白色石头的小庭园，馆内的摆设则以安平教育文化为主题，是了解安平教育文化的最佳学习场所。

出了茉莉巷，刚好接上老街中段的位置，老街上人潮汹涌热闹非凡，各式童玩小吃吸引游人的目光，连小时候出现在庙前歌仔戏棚下的煮碰糖，也在繁华的老街再现。安平颇负盛名的咸酸甜始祖——永泰兴，不论是在店内还是店外，都是人声鼎沸，连我这已过了爱吃蜜饯的年纪的人，却也还差点跟着排队凑热闹哩！

延平老街是300年前荷兰人在安平所兴建的第一条街道，在仅存的巷弄中，依稀可见岁月所留下的痕迹，但以目前来说，看见的却是更多现代化所带来的蜕变。我想，也因为有了这些现代化的需求与改建观念，才能再造老街昔日风华。

德记洋行与安平树屋

以浪漫白墙筑起殖民地的贸易梦

台南身为台湾的开垦处女地，自然有更多值得追念的历史留待后人凭吊。德记洋行在开垦史上也没缺席，是当年贸易经商的重镇，现在还在当地担负着观光交易的重任。

[DATA]

德记洋行

台南市安平区古堡街108号

06-3913901

08：30—17：30

台南安平有两座建筑风格浪漫唯美的洋式建筑，不管是当地人或外来游客都知道这两间建筑的来头不小——东兴洋行与德记洋行。这两间建筑不但见证了台南安平昔日的荣景盛况，还是当年台南跃居台湾第一都市的代表建筑。如今在风光落幕后，它们依旧以大气的形象成为台南的历史过往中一个漂亮的批注。

其中，将近150年历史的英商德记洋行，创建于清同治六年（公元1867年），为市府所认定的三级古迹，白色的建筑外观，搭配左右空地上所种植的花草树木，让人感到一股清幽之气息。

两层楼的洋房建筑，与当时安平传统的闽南式风格建筑有着迥然不同的风貌。洋行最大的特色，就是三面均为拱廊的建筑模式，两层楼皆是如此的建筑风格，加上白色的粉墙做搭配，让人有仿佛来到小白宫的感觉。

· 垂天而下的安平树屋

神奇中又带点诡异的安平树屋就位于英商德记洋行的后方。一进入屋内，游人定会被眼前这从天垂下的老榕树所吸引，透过设置的木栈道，穿梭于各个树屋之间，由内而外，皆可看见耐人寻味的神奇景象。

原本杂乱荒废被认为是鬼屋的不祥之地，之后因为旅游观念的转变，其阴森诡谲在旅游达人眼中反而成了新鲜的处女地，自然蜕变成台南市重要的观光景点。当金黄色的阳光，从断垣残壁间透射进来之时，光和影穿梭在树屋的各个角落，梦幻的景致，让人不自觉地迷恋在按下快门的那一瞬间。

[DATA]
安平树屋

台南市安平区安北路194号

06-3913901

08：30—17：30

台南楠西

鹿陶洋江家古厝

不分家的亲情，开台三百年最大农村住宅

台南有一座江家古厝，在他们的先人来台开枝散叶，一代传承一代之后，如今江家古厝具有 300 年的历史，是台湾现存规模最大的家族传统农村住宅，具体而微地呈现出闽南人的大家族观念。

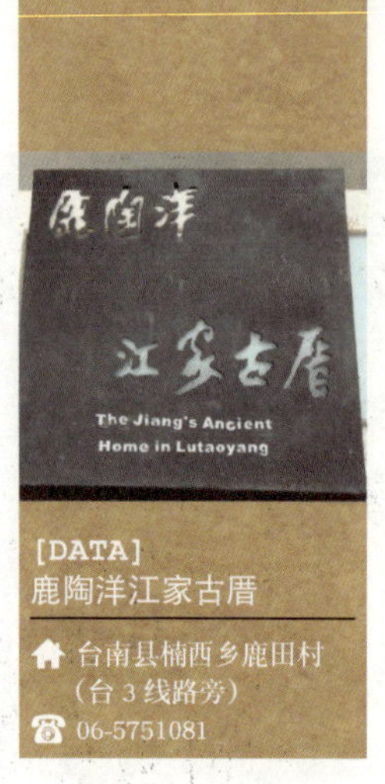

[DATA]
鹿陶洋江家古厝

台南县楠西乡鹿田村（台 3 线路旁）

06-5751081

江家的祖先在康熙六十年（公元 1721 年）渡海来台拓垦，兄弟四房历经了十数代的传承，至今仍未分产，实属难得。

位于台南市楠西区的江家古厝，有别于一般古厝顶多就是三合院的面积大小，江家古厝所呈现出的是占地高达 3.5 公顷的古厝聚落，整个聚落是以四进三落的四合院为主轴，并极具风水的思维建筑而成，左右护龙合计 13 条（左边 6 条、右边 7 条），共有 136 间房。

· 古训规定新房舍不高于祠堂

把车停在聚落里用来练习宋江阵的场地上后，不经意地环顾着四周，看来这练习场地应该是重新整修过，感觉非常平坦舒适。老人家坐在榕树下喝茶聊天，对于我的到访则是报以点头微笑。我想他们心里应该很明白，我就跟普通的观光客一样，没什么好大惊小怪的，对于我的到访也未多加询问，像是日常总有这种再自然不过的互动。

穿过了宋江阵的练习场之后，就来到了古厝的主建筑之前。右手边立有一展示牌，主要是介绍古厝的历史简介与位置导览图，中轴线为江家祖先宗祠，前有神明厅、公厅、拜亭总共四进。穿过了古厝的拜亭、公厅以及神明厅之后，最后就会来到古厝的祖祠堂外。

江家古厝目前仍有20余户在此居住，整个古厝群的房屋材料包含了土角厝、砖墙、铁皮屋、混凝土墙、竹编墙，以及日据时代的红砖屋、洗石子屋等十余种建筑形式。136间的房屋，有的虽然已经更新重建，但多数为20年以上的屋舍，有多栋更有百余年的历史，因为江家古训的规定，新建的房舍不得高于祠堂，因此才能保持原有的传统格局，而这里就仿佛是台湾300年来农家建筑变迁的最佳缩影。

走在古厝宁静的街道上，我的每一步都踏得很轻，生怕一用力，会吵醒日落而息的江家人。路旁停靠的车辆，让画面看起来感觉有点突兀，从屋舍间的小巷奔跑出来的小朋友，手上拿着一只球正要找寻同伴一起玩耍，看见陌生人的我，又赶紧躲到巷子里去。看到这一幕我好生羡慕江家的子孙，能够在这么大的一个聚落里生活……要玩捉迷藏的话，这里可供藏身的位置还真是多呢！

在这讲求都市更新的潮流之下，江家古厝仍保有其最淳朴的面貌，也要感谢江家子孙的有所坚持，才能让这个百年聚落保持得如此完整，在参观之余，更能体会到家和万事兴的不变道理。

Area 5

屏东·台东

台湾南端的屏东与台东，
分别接临台湾海峡与太平洋，
是最接近热带气候的本岛土地，
旅途上汗滴比喝下的水还多，
但眼里所见的旧地美景，却仍令人感动。
一部电影带动南台湾商机，
无限的美景从恒春古城门开始延伸，
每道城墙内外都有一番视野与历史，
学习万金天主堂古教士踏遍千里传递神的旨意，
闲置的漂流木也能有重生机会，
如同新东糖厂的命运一样跳脱框架而别具一格，
或者在多良车站凭栏望洋，
海天一色与红栏杆黑煤车形成永不妥协的景色，
在心底暗暗为着时间的迁移惆怅感叹……

屏东恒春

恒春古城门

古城眺望，感受时代况味

屏东恒春因电影《海角七号》的卖座而带来许多商机，浓浓的商业气息，似乎打乱了属于古城原有的那份宁静。然而带着不设防的心情走一趟古城门巡礼，反而能平心静气感受时代开阔的况味。

[DATA]
恒春古城门

东门：屏东县恒春镇东门路
南门：屏东县恒春镇恒南路
西门：屏东县恒春镇中山路
北门：屏东县恒春镇北门路

抵达屏东恒春这天，虽然是黄昏即将到来之际，但南台湾的艳阳仍旧展现热情在迎接我，汗流浃背的我进入恒春镇。

恒春古城于公元1880年兴建完成，至今已超过了百年的历史，东西南北建置的四座城门，均设有炮台，城墙外亦有护城河围绕。经过历年来多次整修，虽然整体的外观有了很大的改变，但它们还是台湾目前保存最好的古城门，已被列为台湾的二级古迹。

· 北门隔闹市，东门远眺三台山

趁着造访南台湾，今天就把四个城门一次看个够。先来到北门，这也是电影《海角七号》取景地之一。北门为昔日进入恒春县城的正门，为恒春的交通要道，正对着虎头山，景观相当独特。城门外是翠绿的田园景观，城门内则是热闹的街市，两边的城墙已修复完成，持续的修复计划将来可连接到东门，城门旁则摆放了一辆朝鲜战争时期的战车，这台在《海角七号》中出现过的战车，是否给人一种熟悉的感觉呢？

东门则位于恒春往满州的县道上，也是通往恒春著名景点出火的主要通道，几年前到垦丁度假时也曾来拜访过这里，外观上并没有多大的改变。这里似乎没有在电影的场景中出现过，游客的数量相对少了许多。其实东门的城门、城墙、炮台及炮孔都保存得相当完整，游客可以登上城墙散散步，远眺三台山，也是恒春古城最佳拍照地点。

· 南门围车流，西门自成热闹商圈

接着往最容易被发现的南门前进，进入恒春镇后往垦丁方向前进，过了恒春警察局后，就可发现南门的踪迹，因为都市计划的改建，周遭的城墙难逃被拆除的命运，目前仅留下这座唯一的城门供后人观赏。但城门上的飞檐式牌楼保存得相当完善，虽然地处于交通要道，做成了圆环状来疏导车流，站在路旁远远地观看，还是可以看出它的雄伟气势。

最后一个城门就是恒春镇最火红的西门了，《海角七号》中载着模特儿的小巴，停在西门前的那段场景，仿佛又浮现眼前。有别于场景中狭窄的街道，穿过城门的另一边，整个视野变得开阔许多，从此而去，可以连接中山路的恒春老街，也可以算是目前最为热闹的商圈。城门口小巷狭窄，但两旁商家趁着《海角七号》热，纷纷卖起了相关的商品，让此地变得异常热闹。

在电影热潮逐渐退烧之际，古城恒春也跟着恢复了往日的平静。对于当地居民来说，是好是坏，我这个外人很难下定论，但拥有百年历史的古城门，还是值得你前来一探，欣赏这难能可贵的古朴之美。

食 伙计鸭肉冬粉

在恒春小镇流传三代的迷人好味道——伙计之家鸭肉冬粉，下午五点半开始营业的时间还没到，就已经有人在店门口先排起队伍来了。排队的人潮从未间断过，这种盛况还真是第一次见到。

除了超好吃的鸭肉是必点的美味以外，像是脆肠、豆干、海带、米血、鸭胗、舌头等美味，可说是各有特色任君选择；清冬粉的汤头美味也是不在话下，口感清爽滋润，一点儿也不油腻，适合旅途劳累的人来一碗解馋哦！

[DATA]
伙计鸭肉冬粉

屏东县恒春镇中山路115号

08-8891298

17：30—24：00

屏东万峦

万金天主堂

重返荣耀，千里跋涉的传教之路

在屏东万峦这个淳朴的客家庄内，很难想象会有这么一座古老的天主教堂存在。在好奇心的驱使之下，我们前来接受天主的洗礼，一瞻万金天主堂仅次于梵蒂冈罗马教堂的圣殿荣耀。

[DATA]

万金天主教堂

屏东县万峦乡万金村万兴路24号

08-7324103

屏东万峦的万金天主堂，创立之初起自于有心人士的善举。公元 1861 年，由西班牙多明我会士郭德刚神父，协同传教士笃哥先生，从当时的高雄市前金区用步行的方式至此传教，路途之遥远，真是让人无法想象。

后来在公元 1863 年，郭德刚神父与黎茂格神父兴筑草顶土墙圣，为圣殿建造之始。天主教多明我会在赤山、万金两村的开发，在台湾算是相当特殊的例子，由于生存竞争，刚开始萌芽的信仰，曾遭到地方上闽南与客籍移民的仇视与误解，1866 年因暴民纵火使得教堂全毁，未曾留下任何图像的纪录。

到了 1870 年，良方济神父积极重建今貌，使其成为台湾现存最古老的天主教堂，且被县府核定为三级古迹，同时获得天主教前教宗若望•保禄二世的批准，晋升为圣母圣殿，是台湾天主教堂中唯一的圣殿，地位仅次于梵蒂冈罗马教廷的大教堂。

·教宗批准，台湾唯一天主教圣殿

教堂建筑浑厚，有如一座中古时代的城堡，墙面以碎石、石灰、火砖、蜂蜜、黑糖及木棉等物混合构成，厚达三尺。中央屋顶则呈三角形，上头树立了一座十字架，顶上的一口钟，是由西班牙所运来。洁白的外墙，看来相当庄严。

其实稍微注意一下，在教堂屋顶的最上方，嵌着一块小石碑，碑上刻有奉旨字样，此乃清朝同治年间，福建船政提督沈葆桢在感念之余，奏请朝廷后，悬于教堂之上。

天主教堂是一个充满艺术及象征符号的建筑，而哥特式样被公认是天主教建筑之代表，镶嵌的彩绘玻璃以及尖拱，更是最常见到的装饰。在进入教堂后，左手边就可以看到圣水，这圣水在教会中的象征是代表领洗，主要是让教徒们在进入时，用手蘸一下圣水在额头或身上画个十字圣号，表示自己已经是领过洗礼的基督徒。教堂外的左右两边还各有一栋建筑物，位于左手边的是圣殿教友中心，右手边建筑物的墙上则写着道明会（多明我会）无玷之母会院，看起来像是行政以及办公的地方，教堂后方则是一片绿意盎然的圣母公园，欧式风格圆拱形屋顶的小凉亭点缀其中，而落光叶子的缅槴老树，又带点日式风格，使这里成为附近民众前来散步休闲的好地方。

来到万金天主堂，整个人的心情变得非常祥和安定，我想只要是正派的宗教场所，都会有这股神奇的力量才对，只要都能够时时心存善念，不管是天主或是神佛，相信大家一定都能够永保安康、合家平安的。

[DATA]
万峦猪脚大王
海鸿饭店

屏东县万峦乡民和路 16 号

08-7811220、7810782

www.haihon.com.tw

食 万峦猪脚大王 海鸿饭店

来到万峦，不到猪脚街尝尝风味绝佳的大猪脚，那可就是白来了！万峦猪脚大王创始店——海鸿饭店，算是有口皆碑的老店。我到此时远远就看到长长的人龙站在店门前，饕客正仔细地挑选着准备大快朵颐的万峦猪脚，工作人员人手一刀，专注地料理着客人所点购的猪脚，可见这家老店受欢迎的程度。

经过慢火卤得红透的猪脚，光看就让人口水直流。入口后的美味，更是香润不油腻，让人难以忘怀的美味，难怪可以吸引这么多人前来尝鲜，这猪脚大王的称号果然是名不虚传。

店家还有提供独门的蒜蓉蘸酱，喜欢口味重一点儿的，也可以蘸着猪脚一起吃。这酱料有点微辣但不咸，搭配起来还别有一番滋味。

台东太麻里

多良车站

太平洋废弃车站，遗世独立的存在

走进充满历史的多良车站，不管晴天也好，或是雨天也罢，不再亮灯的号志牌，依旧孤寂地伫立在这个无人的小站，岁月留下的痕迹，还是会静静地在此等候有缘人的细细品尝……

[DATA]

多良车站

台东县太麻里乡多良村泷西路8之1号

天很高，海很蓝，火车快飞不停站，微风吹，艳阳照，我在最美丽的车站细思量……

静谧唯美的多良车站就位于台东县太麻里乡，随着台铁南回线的正式通车，于1992年10月启用，但因载客业务日渐清淡，自2006年7月1日起结束了载客的业务，同年的10月1日正式裁撤，自此火车总是呼啸而过不靠站，也让多良车站逐渐走向颓圮与荒废。

· 一瞬即逝的永恒美景

南回线当初在规划的时候，因为泷溪站至金仑站的区间较长，所以选择在多良兴建号志站供单线列车交会，在当时设有两线轨道及两个月台。没想到几天后发现没有交会的需求，因而拆除了山侧的轨道，可见当时的规划并不完善，形成了浪费。

由于多良车站位于山坡地，车站的两端均为隧道，因此采取了高架化的设计，若是想花更多的时间来体验多良车站的美，最快的方法就是自行开车，从台九线417.5公里旁的入口处上坡，顺着路标前行即可到达。不过往来南回公路的车辆总是疾驶而过，稍微不注意的话，可能就会错过这美丽的秘境，然而也可能正因为这样的交通不便，而让多良车站保有了一份难得的宁静。

· 红栏杆、黑铁道、蓝色汪洋

随着南回铁路线发展观光业，目前开放部分台铁的邮轮式列车，将此作为中途的指定停靠站。这里虽然只是个小站，一个火车不再停靠的临海车站，但是多良车站却充满了迷人的缤纷色彩——红色的铁栏杆，分隔了黑色铁道与蓝色海洋，不时还可眺望驰骋在海岸公路上的环岛骑士迎风飞翔；在月台上，我看着潮来潮往，倾听着浪涛声，悠闲地乘着微风，一览壮阔的太平洋，海天一色的绝美景色，至今还是叫人难忘。

倚着栏杆，呼吸着尽是海味的清新空气，享受着带点萧瑟的宁静之际，高速穿出隧道而来的火车，鸣着高分贝的汽笛声，划破了原有的平静，来不及回神，就看着它进入了另一端的隧道，四周很快又恢复了原有的寂静。

只是废站加上站体地基不稳，出于民众安全的考虑，台铁已将车站的出入口封闭。要再进到月台内，感受多良车站遗世独立的美，也只有等待重新开放的那一天了。

禁止进入的告示牌虽然阻隔了亲近多良的机会，但其背山面海的迷人景色，总是叫人向往，几条平行线，就构筑了一幅美丽的画，对我来说，多良的美！就是这样简单。

台东东河

新东糖厂

以漂流木纪念艺文园区的制糖岁月

看遍了花东海岸的迷人景色，还要再看看新东糖厂的老建筑，所呈现出来的是满满的艺文特色，也跳脱了以往来到糖厂就是吃冰的刻板印象。对于闲置空间的再利用，在这里得到了最好的验证。

[DATA]

新东糖厂

台东县东河乡都兰村61号

089-531212

建立于公元 1937 年，位于都兰的新东糖厂，是日据时期少数的私人糖厂之一，生产的红糖以外销日本为主，在二次世界大战的末期，厂房还曾经遭到盟军炮弹的轰炸，在历经了辉煌的年代之后，终究逃不过产业结构的巨变，在 1991 年还是走向了关厂一途。

· 独具一格，制糖厂的旧屋新用

厂房在闲置多年以后，在台东县府辅导下，转型为都兰红糖文化园区，将闲置空间转化成艺术家合力经营的艺术文化园区，经过这几年的努力，这里也逐渐发展成为一个充满艺文气息的空间，同时也吸引当地与外来游客的青睐，开发了另一块旅游的市场。

新东糖厂保留了结构完整的日式房舍、办公室和制糖工厂三大区块，这些旧建筑在众多艺术家的巧思之下，制糖工厂变成了木雕工作室，办公室则成了糖厂咖啡馆，而日式房舍，化身成为一间间的特色小店。从进入大门的那一刻，就给人以惊喜的感觉，大门旁的都兰小房子，供应着西式的早午餐，门前简单地摆着几张小桌子，让游客可以轻松享用特色餐点。

往前走一点儿，就是原本的糖厂办公室，如今则成为带有休闲风的糖厂咖啡馆。逛累的时候，不妨进来歇息一下，来杯香浓咖啡，轻松度过一下午，到了周末的时候，这里还会摇身一变，成为人声鼎沸的热闹酒吧。

·匠心独具，漂流木的艺术再造

最受游客欢迎的就数这间满满创意的手工艺贩卖小屋好的摆，集合了多位艺术家的巧思，几乎都是独一无二的作品，流行一时绣有都兰小学校名的小书包在这里也买得到，其小巧可爱的模样，还真是掳获了大人小孩的心。小屋的墙壁都被绘制了各式各样的图腾以及装饰，鲜艳的色彩在蓝天的映照之下，更是相得益彰；浓浓的艺术气息，也为原本的老旧屋舍注入了一股全新的生命；虽然无法再冒出缕缕白烟，但高耸入天的大烟囱，还是糖厂最醒目的地标与精神象征。

园区内随处可见的漂流木艺术，让新东糖厂成了名副其实的艺术文化园区，原本随波逐流的枯枝树干，在艺术家的巧手之下，成为一件又一件匠心独具的大作，粗犷原始的线条下，流露出细致的巧思。带点颓废气息的旧仓库，墙面虽然早已斑驳泛黑，但却充满着迷人的艺术气息。

如果你对于艺术这门课不是那么在行，那就跟我一样，什么事都别做，什么心思都别想，放空心情，静静地发呆就好，这就是老地方该有的旅游态度，以及求之不得的好时光。

61

台东卑南

风车教堂

传统三合院与欧式教堂的跨界结合

第一眼见到这个外观新颖有特色的风车教堂，以为能在里头传达心愿给上帝，但实际上它却是一家民宿。而知道它的前身之后，又被三合院改建的创意给折服。

[DATA]

朗·克徕爵的风车教堂

台东县卑南乡温泉村民生22号（距知本温泉约6公里）

089-516869

距离知本温泉约 6 公里路程的风车教堂，所在的位置为射马干山，想来造访此地的朋友们，若没自行开车，交通上似乎不是那么方便，或许就是因为这样的不方便，才更显现出此地的宁静与珍贵。

从台 9 线 389 公里处右转，穿过浓浓原民风的建和部落后，顺着路标前行，攀入深山，就可探索这座位于山中的神秘庄园。最后在进入有如龙猫小径般的碎石子路之后，就可到达位于卑南山上的幸福民宿——朗•克徕爵的风车教堂。

· 人客来坐的命名与贴心服务

朗•克徕爵乍听以为是来自欧洲哪个国家的文人雅士或王宫贵族的姓名，本来以为有一番典故的，没想到这名字倒有些趣味，竟是取闽南话里谐音客人来坐的意思，转化成中文后的字面颇有一种欧式风范呢！

风车教堂就是对其建筑外观的形容。在教堂神父吴孟宣的巧手设计之下，整整花了两年的时间，将原本传统三合院式的平房建筑，改造成为今日充满浓浓西班牙风味的白色幸福民宿。整个大厅除了色彩缤纷的沙发供旅人休息之外，还包含了供客人吃喝的吧台，更有小型的 7-11 饮料柜，免去了身处山上的不方便。这一切看似简单却又贴心的布置，足见主人的用心。

白色的拱形回廊，锻铁铸造而成的风车，搭配碧海为背景，望向门前的钟塔，就等于面对着宽阔的太平洋。当敲响钟声的那一刹那，我相信幸福将随着钟声，借由大海的传递，到达每个人的身上。来到台东卑南的风车教堂，发现一间洁白浪漫的特色民宿，也享受到一份难得又满满的幸福。

Area 6

花莲·宜兰

远离高度开发的岛屿西岸，
东岸后山的宁静有如一片净土，
提供旅人心灵最真挚的感动。
走一趟花莲亲睹新城天主堂诺亚方舟的外观，
再聆听泛黄的史事，
庆修院的江户风让人同时有穿越时间空间的美丽错觉，
踅进光复糖厂感受五十年代的台湾味，
往上再到宜兰太平山的天送埤车站遥想当年森林铁路的荣景，
或者挑个午后在陈氏鉴湖堂的陈家松园小憩，
任凭松叶落如飞雪，
静静飘落肩上……这是老地方的缓慢时光，
也是生命中难得属于自己的好时光。

花莲吉安

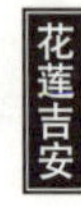

庆修院

静心净手，走近八十八尊石佛

庆修院是近年火热的拍照旅游选择，它的外观与内部仍保留以往的风貌，仿佛未曾理会时间的流逝，以极其缓慢的步伐悠然自得于历史中。

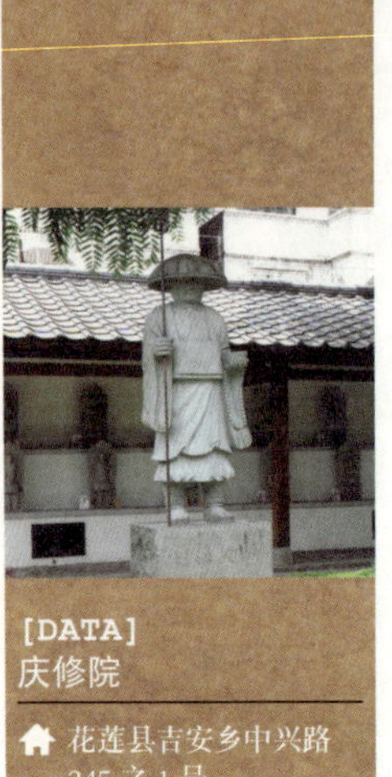

[DATA]
庆修院

花莲县吉安乡中兴路345之1号

03-8227121 转 314

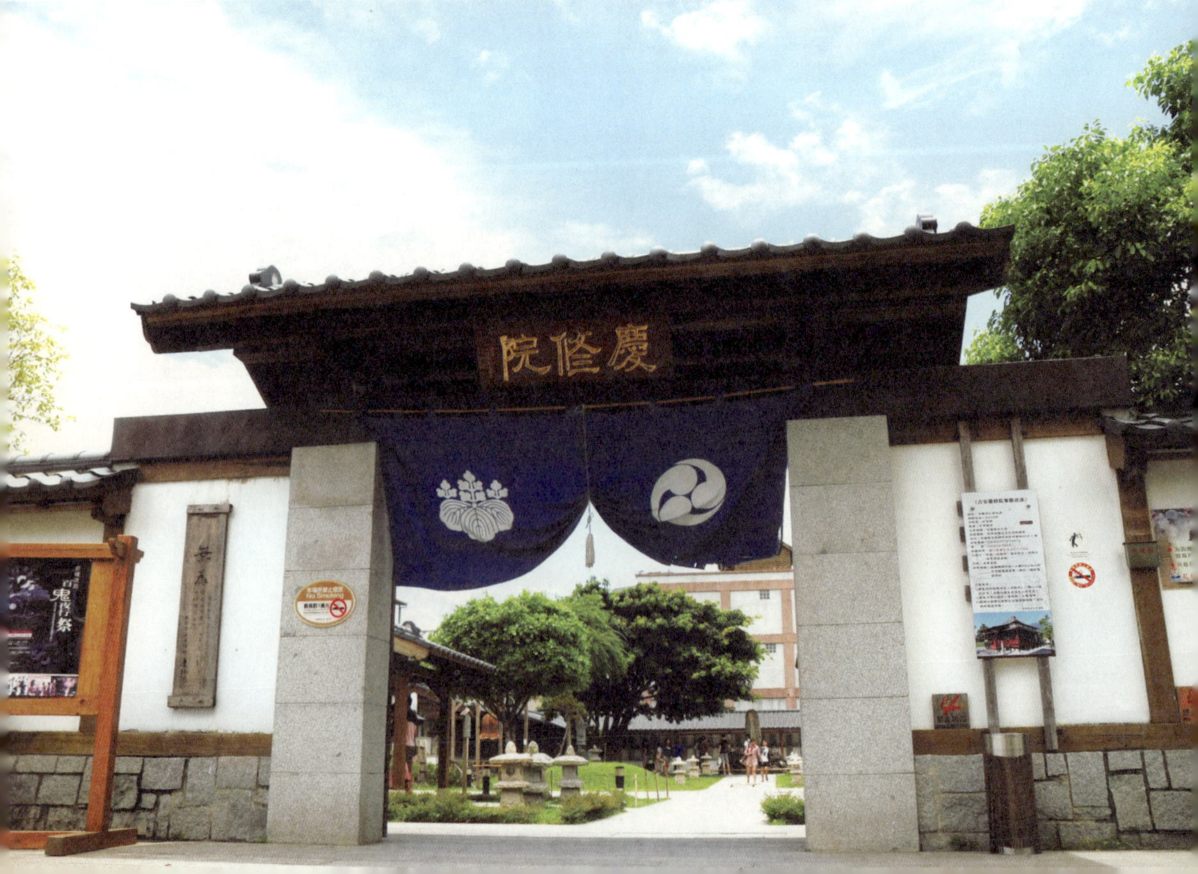

吉安乡在日据时代，是日本移民来台的主要据点。公元 1917 年，为了安定民心，当局特别在此建置了日本真言宗高野派吉野布教所，供奉的主神有弘法大师、不动明王及昆沙门天王，为一形式特殊的日本寺院建筑。

前身为布教所的庆修院在当年除了是在台日本人的精神信仰中心外，同时也具备了医疗所、日语讲习班及丧葬法事服务处等多种功能，一直到 1945 年改名为庆修院，于 1997 年由“内政部”公告为第三级古迹。

· 全台最完整的八十八尊石佛

庆修院保留了当时布教所的建筑物外形，主体建筑外观采用日本传统佛寺的平面与造型，出轩式入口，木栏杆宝形造型以及四角铁皮屋面，寺院拜堂四周有回廊，四周种植各式花草树木，环境清幽雅静，不但是保持最完整的日据时期忠烈祠古迹，文物史迹也都维持完善，主体建筑十分精美，颇有江户风格，更是日本人来台旅游的观光景点之一。

日本战败撤离之后，布教所改由当地居民接手管理，正堂便改奉祀释迦牟尼佛及观音菩萨至今。来到庆修院时，别忘了进来主殿参拜，祈求旅途一切平安。虽然改了奉祀的主神，但具有历史保存价值的八十八尊佛像，仍被完整地保存下来。庆修院的八十八尊石佛，是全台湾保留最为完整的一处，供奉释迦如来等二十四尊佛像，其中十六尊为历史文物，六十二尊为新刻佛像，虽然看得出新旧佛像之间的差异，但身处于宁静、古朴又带点庄严的氛围之中，总是让人心中产生一股安定的力量。

· 声名远播的治病石碑

庭院内的光明真言百万遍石碑，则象征着对居民的庇佑，当年生病的日本移民，都到此虔诚祈求神明祛除病厄，病患在住职法师带领下，双手合十，顺时针方向绕走石碑，并念弘法大师法名南无大师遍照金刚，许多病人因此而神奇痊愈，治病石碑的神效因此而声名远播。

忠烈祠常见到的手水舍，在这里同样被完整地保留下来。手水舍就是洗手的小亭子，一般人在进入寺院时，必须先将双手洗净，象征净身之意，也就是说进入神圣的世界之前，先洁净身体及心灵，以表达对圣者的尊重。不过虽然忠烈祠有其先后参观的顺序，但大部分的游客都只是把手水舍当成一个异国风情取景的好地点，对于其真正的含义，似乎就没有那么重要了。

庆修院目前已被列为台湾三级古迹，对于老建筑有兴趣的朋友，庆修院是个相当值得参访的地方。而我个人对于这儿，总有一份难舍的牵挂，好像每隔一段时间心中就会起了驿动，想跳脱一成不变的生活方式，以一种朝圣的心情，奔向花莲，与它来一场美丽的邂逅。

花莲寿丰

丰田碧莲寺

黄金稻穗连绵，后山的宗教净土

丰田村的碧莲寺从日据时期便是当地的生活与文化中心，如今除了有忠烈祠遗迹可以怀旧之外，丰田文史馆里的人文与历史，以及两旁或新或旧、高挂木制信箱的房舍，都是旅途精彩之处。

[DATA]
丰田碧莲寺

寿丰乡丰里村民权街1号

03-8653579

远方的云雾缭绕山头，天气似乎有好转的迹象，天空看起来有渐亮的感觉，而从这条笔直的乡间小路直走到尽头，就可到达碧莲寺的入口。

远远的路口处，还保留着日式忠烈祠中最常见到的鸟居，跟在新城天主堂所见到的鸟居大致相同，只不过上面的文字改成了碧莲寺。在前往碧莲寺的路上，可以看见石灯笼以及石兽等忠烈祠的遗址，虽然看得出来新旧交杂着，但毕竟是丰田村的重要文化资产，乡公所在寺庙前兴建了中正公园，使得碧莲寺成为独具一格的公园化寺庙。园内绿草如茵古木参天，另外还设置了游乐器材与休闲设施，充满了老人家谈天与小孩嬉戏的欢乐画面，碧莲寺几乎成为村民生活当中不可或缺的一部分。

· 当地居民生活与宗教信仰的重心

位于丰田移民村的碧莲寺，其前身是日据时期所兴建的丰田忠烈祠。当时的台湾总督非常重视移民守护神的设立，以丰田村为例，每年 6 月 5 日均举行盛大的例祭，移民们均须参与全村大扫除的准备工作，以示诚敬之意。

后来，丰田忠烈祠改为碧莲寺，供奉佛祖释迦牟尼与不动明王，之后又恭迎了观音菩萨、弥勒佛、地母娘娘、天上圣母以及五谷先帝等诸神进庙登殿，使得碧莲寺成为丰田三村的信仰中心。

走在花草扶疏路面干净的街道之上，让人心情不自觉地愉悦起来。在冬末，金黄的油菜花尚未登场之前，最抢眼的田园花卉莫过于太阳麻以及咸丰草了，艳黄和白色的花朵交织，将荒芜的农田大地，装点得迷人万分，硕果累累的金黄稻穗与另一边翠绿的稻田相互辉映着，仿佛为大地沾上了水彩，搭配着远方绵延壮阔的中央山脉，纯净自然的山水画，尽现眼前。

走在丰田移民村的街道上，不时可见屋龄已有七十年历史的古早农舍，有的因年久失修早已颓圮，但也有保存良好的木屋建筑值得细细品味。其实不管走的路程有多远，我相信在这个甚少烦忧的后山，只要你愿意放慢脚步，就能体会到静谧朴实的小村之美。

食 丰春冰果店

位于寿丰车站斜对面的丰春冰果店，开业至今已有一甲子的历史，最早是以销售冰块起家，也是目前寿丰街上仅存的一家老字号制冰店。

招牌的甘蔗冰和店里的糖水，都是用柴火炉灶炖煮，遵循古法炼制而成的传统口味，光是单吃清冰就让人感到美味；熬煮得绵密细致的芋头配料香甜又浓郁的口感，伴着甘蔗冰的甘甜，保证让你一口接一口吃个不停。

[DATA]
丰春冰果店

花莲县寿丰乡寿丰路一段79号（寿丰车站斜对面）
03-8651530
06：00—22：00

花莲光复

光复糖厂

和风飘散，老糖厂的多元经营

在后山花莲，你能够在光复糖厂感受到洋溢着和风的新生活美学。除了令人有耳目一新的感觉之外，老旧的糖厂在蜕变之后，持续以崭新的风貌，呈现给旅人实地的体验。

[DATA]
花莲糖厂

花莲县光复乡糖厂街19号

03-8700693

以往来到花莲糖厂，我总是吃碗招牌冰品就拍拍屁股走人，很少在此停留，这回因为入住日式木屋旅馆的关系，让我花了将近一天的时间在此驻足。放慢脚步后的花莲糖厂，也带给我有别于以往的不同感受。

· 五十年代的场景是剧组最爱

第一站来到阿嬷照相馆。这里原本是老糖厂的办公室，因为有着浓浓的怀旧风，加上木屋建筑本身所散发出来的特色，身处其中，让人仿佛回到 20 世纪 50 年代的氛围之中。也因为如此，此地获得大爱电视台以及其他乡土剧组的青睐，使这里成为取景拍摄的热门选择。

照相馆内已经不再帮人照相了，取而代之的是良心商店。简单的书桌上放置一些简单的小玩具和古早味零食，只是看了看，选择并不多，不过对于这些小物件有兴趣的游客，还是可以自行投钱购买，全凭自己的良心。

阿嬷照相馆的隔壁规划成阿嬷厨房，算是配合糖厂旅馆营运才进驻的新餐馆，餐点皆由当地的阿美族妇女以当季食材融合地方风味而成，感觉还蛮有特色的，当然也解决了住宿糖厂的房客们晚上用餐的问题。走出阿嬷厨房，对面则是由单身宿舍改建而成的

创意工坊。

·创意工坊提供多样手工艺品

创意工坊结合花莲光复乡及邻近乡镇传统手工技艺和创意商品等厂家进驻，让当地优质的文化能够推广出去，也借机让更多的游客及民众能够亲自参与体验技艺的活动，了解各种不同的技艺文化。凤林乡著名的植物染艺术作品在这边也可以买到。

在细细品味之后，你可以从这些商品中发现许多颇具巧思的作品。像是一件件手工制成的可爱小汉服，第一眼看到时，就吸引了我的目光，让我爱不释手地把玩着，恨不得通通都能带回家。而这些手工细致的汉服，除了可以挂在墙上当作装饰之外，其实还是个相当实用的面纸盒。

·日式木屋旅馆的桧木香

花莲的小旅行，有时并不需要安排太多的景点，定点旅游可以让旅程更轻松。已有 90 年历史的花莲光复糖厂，将日据时期糖厂员工的宿舍加以整修，改以和风旅馆的新风貌与游客见面。

日式的木构造宿舍多采用斜撑式建筑形式，以坚固的墙柱作为支撑，木屋门前的小庭园整理得草木扶疏，屋檐下的座椅可供小憩，后门还有一个不受干扰的草地活动空间，让入住的房客都能够尽情享用。飘着桧木香的屋舍群，漫步其中，处处皆有令人惊奇的发现，独特的和式氛围，还会让人误以为身处于日本的某一个角落。

· 糖厂新风貌总在不经意间展现

旅馆屋里的规划相当完善，一进门有个小玄关，脱鞋走进屋内，客厅的地板是以原木铺设，空间虽然不大，却相当舒适，最重要的是让人有一种家的感觉；卧室则以格子纸拉门区隔开来，拉门上的彩绘呈现出浓浓的日式风韵，里头有着舒适的榻榻米正等着陪伴旅人入眠。

整间和风旅馆最精彩的部分则是卧室后面的浴室，不仅空间宽敞，而且让人感到相当整齐与清爽；干湿分离的浴室，还有桧木制成的澡盆，更让人有日式泡澡的氛围。

来到后山花莲，真的不需要浪费太多的时间在赶路或是走马观花上，找个适合自己的地方，放慢脚步，细细品味周遭所见所闻的点点滴滴，转个弯或是穿梭在小巷弄之间，你就会发现旅程中，其实到处充满着耐人寻味的乐趣。

下回来到后山花莲，不妨旧地重游一番，相信你一定会发现，老店新开的花莲光复糖厂，正展现一股新的风貌等你来体验。

[DATA]
阿嬷厨房

🏠 花莲县光复乡糖厂街19号
☎ 03-8700693

食 阿嬷厨房

阿嬷厨房的外观是由老旧的日式屋子改建，保有浓郁的日式风格，室内的配色则十分清爽，让人感觉很放松。

料理师傅皆为当地的阿美族妇女，菜单为特色当地风味料理餐，搭配当地特有的食材，以花莲当地的南瓜入菜的金瓜米粉，有种天然的甘甜滋味，吃起来很滑顺。黄金炸豆腐好吃到像是有股魔力般，深深吸引我。还有超特别的野菜汤，由多种当地的时蔬组成，是地道的阿美族风味，里头有很多都是平时少见的菜色，饶富趣味。而名菜阿美盐烤鱼，记得要先预约，不然可是会吃不到哦。

宜兰三星

天送埤车站

多雨宜兰，森林铁道的下一站幸福

如果你曾经为了偶像剧《下一站，幸福》痛彻心扉的爱情而感动，那你一定不会错过一睹天送埤车站的风采。看它蓝如青空，又有满室风沙的质朴，忠实呈现了宜兰的当地风情。

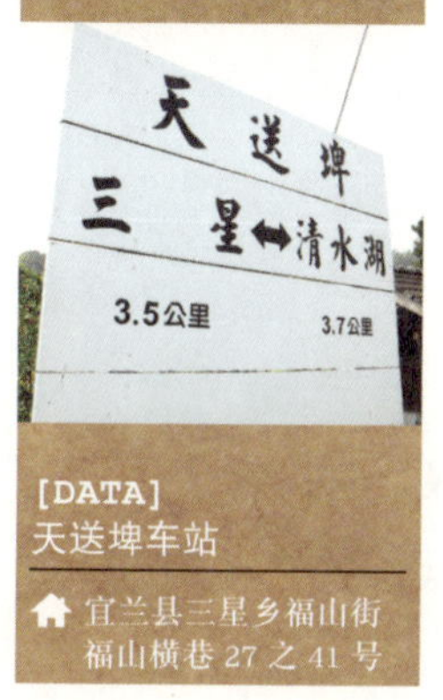

[DATA]

天送埤车站

宜兰县三星乡福山街福山横巷 27 之 41 号

太平山盛产大量的红桧、扁柏，在日据时代，为了运送这些珍贵的木材，太平山森林铁道便孕育而生。由土场至罗东的竹林车站，沿途共设置了十个车站，而天送埤车站刚好居于要中，其位置的重要性可想而知。

· 淡蓝色车站外观显现柔和特质

创建于 1921 年的天送埤车站，为目前仅存的两座木造车站之一。跳脱以往老车站所见到的原木色或是漆成白色的外观，天送埤车站漆上了淡蓝色的外墙，在蓝天的衬托之下，更显出其柔和与独特。除了外形充满了浓浓的日式风格外，建筑的特征也大都沿袭了日式木造车站的特色。

为了适应宜兰地区多雨的气候，天送埤车站特别注重门廊与半户外空间的设计，候车室分为室内及室外两区，售票亭上方则挂了一张火车时刻表。当然，这里已没有火车会再停靠，这张复制的时刻表只是一个旧日的象征。小朋友对于这些当然没有特别的感触，倒是对老式的售票窗口比较有兴趣。

· 内部陈设透露车站的风霜历史

车站内部的陈设也带有浓浓的古意，售票厅的桌上摆着一具手摇式的电话，算得上是老古董了，在当时应该是用来作为站与站之间的联络工具；另外还有一盏手提灯，想必这也是当时用来引导火车入站时的指示灯；售票厅的上方，则挂着几幅老照片，不难看出当时天送埤车站运作的真实情况，虽然数量不是很多，却都是珍贵的历史资料。

往室内走去，地上放了一座老式的保险箱，上头满布灰尘，看得出岁月所留下的痕迹；另外还保留了一套当年站长所穿过的制服，与我同行的伙伴对于那顶帽子是情有独钟，纷纷拿来戴上后抢着拍照留念，顺便过过当站长的干瘾。

当繁华退尽后，昔日风光不再，只剩下老旧的车站孤独地伫立在这儿。没有了火车，少了喧哗热闹声，让人不胜唏嘘。对面还有一排当年车站的员工宿舍，看门前整理得还算干净，里头应该还有人住才对。

伫立于一旁的还有座旧式蒸汽火车用的加水塔，具有其特殊的造型与时代意义，其实这里就是几年前最火的偶像剧《下一站，幸福》的拍摄场景之一。浪漫唯美的剧情牵引着每个人的思绪，随着剧情起伏，有欢笑有感动。希望偶像剧的加持除了能为这座小车站挹注新的生命外，也让每一位来到这儿的旅人，都能找到属于自己的“下一站，幸福”。

[DATA]
福美田园餐厅

宜兰县三星乡三星路七段 258 号
03-9892522

食 福美田园餐厅

位于三星乡的福美田园餐厅，最早是以售卖兰阳传统古早味的外烩为主，像是糕渣、卜肉等“国宴”菜单上的料理，在这里都可品尝得到。

福美丸仔汤是店内的招牌汤品，因手工自制的关系，外形呈不规则状，内含少许的肉馅，品尝起来汤鲜味美。因应时代的变迁，现由第二代来经营，已转型变成提供游客用餐与办宴席之餐厅，提供纯正且地道的宜兰料理。

宜兰市

宜兰设治纪念馆

在枝繁叶茂的光影中洒落百年历史

多雨的宜兰原本交通不便，但雪山隧道开通后，给了喜爱旅游的人亲近宜兰的机会，有时走访小乡镇都有一股亲切感。这或许是年纪渐长后，慢慢体会到的人生况味吧！

[DATA]

宜兰设治纪念馆

- 宜兰市旧城南路力行3巷3号
- 03-9326664
- 09：00—12：00
13：00—17：00

隐身在绿意之中的宜兰设治纪念馆，兴建于公元1906年，是一栋拥有百年历史的和洋式建筑。这栋老屋融合了日式木造房舍与西洋古典建筑的形式，搭配独具特色的庭园造景，光从外观，就可展现出迷人万千的风情。

入口处的长廊总是吸引旅人的目光，引得人纷纷在此拍照留念，搭配比例相等的格栅窗，更显出日式建筑恬静优雅之味；在外观上可以看到日式建筑中特有的雨淋板以及日式屋瓦，而建材的部分，皆取自太平山的珍贵桧木，也让宜兰设治纪念馆的馆内及馆外，处处散发着淡淡的桧木香。

· 古物与史料的精心陈列

宜兰设治纪念馆从日据时期开始就是地方首长的官邸，在历经20多任的首长居住之后，内部的构造及格局早已变了样，要恢复原始的风貌已不可考，不过现今内部的陈设依稀可见当年的模样。

馆内全为原木的建筑，地板则是浓浓日式风的榻榻米，一扇又一扇的格栅窗，让室内充满着迷人的怀旧氛围；墙上挂满了一张又一张的旧时照片，以及宜兰当地文艺活动的展示信息，其中当然少不了宜兰县的人文风情与文化历史，内容可说是相当多元。除了相片之外，馆内仍旧保留着日据时代至今的文物，旧时的器具在这儿也可回味，像是浴室里头的马桶与浴桶，就充满着浓浓的古意。

除了馆内迷人之外，馆外的景色同样不遑多让。隐藏于花木间的洋式建筑物，原本作为会客室之用，如今则改为播放影片的简报室，厚实稳重的砖墙构造，更显现出豪华与气派。

· 矮墙外的百年旧校长宿舍

花木扶疏绿意盎然的大庭院，更是弥漫着恬静与优雅的氛围，庭园中的百年老樟树，更是弥足珍贵地被保留下来，而利用废弃石片所营造而成的枯山水、枯石流等日式庭园景观，同样引人入胜，精致又典雅的日式造景，在这偌大的庭园中，随处可见。

隔着一道矮墙，还可以看见旧宜兰农林学校的校长宿舍。校长宿舍同样是栋百年的日式木屋建筑，与宜兰设治纪念馆一样兴建于公元1906年，当时属于乙等的官舍，后来拨给农校校长作为宿舍，可见当时校长的崇高地位。校长宿舍整修之后则成为宜兰文学馆，提供给旅客一处边喝咖啡、边认识宜兰本地文学的最佳空间。

雪山隧道的开通拉近了台北与宜兰的距离，闲暇之余偶有的小旅行，我总是钟情于宜兰的田园景观与典雅风格的迷人老建筑。这栋见证宜兰百年政治发展的旧官邸，具有不可磨灭的历史价值，也是民众了解宜兰的历史、人文以及教育的最佳场所。

食 蒜味肉羹

这家老牌的蒜味肉羹店创立于1966年，传承至今已将近50个年头，门口总是挤满了人潮。因为店面实在不大，里头就只能摆三张桌子，一直以来就只卖肉羹。

肉羹选用猪的前腿夹心肉，腌制12小时以后，裹上一层薄薄的太白粉下锅，把美味全部包覆在里头，入口后，肉的鲜嫩原汁就全部展现出来；用了蒜末外加大骨、笋丝、红萝卜丝去熬煮的汤头，是精华所在，老板也会不时往锅里头洒上一匙又一匙的蒜酥，在品尝的过程中，充满了蒜香，令人口齿留香。

[DATA]
蒜味肉羹

宜兰市旧城北路141号（北门市场旁）
03-9324293
11：00—24：00

宜兰市

陈氏鉴湖堂

松叶林与水渠护卫的第一世家

陈氏松园旁长长的水圳，流经整个摆厘陈家，除了提供落羽松生长时所需要的养分之外，似乎也庇护着陈家人世代得以在此生根立命，传承家族。

[DATA]
陈氏鉴湖堂

宜兰市进士路 36 之 10 号
03-9321219
（陈氏鉴湖堂工作室）
www.ganou.org

碧绿的半月形池水中，有着椰子树的倒影，两只白鹅悠游其中，乡间田野中的闲情逸致，在此表露无遗。

陈氏鉴湖堂是全宜兰县规模最大的家庙，也就是摆厘陈家的公妈厅。或许大家会认为别人家的公妈厅有什么好看的，但以当时（清朝）能够设立家庙者多为地方的望族来看，我们可以以人文为出发点，细细欣赏它独特的历史与文化。

· 陈氏鉴湖堂，书香世家门楣显赫

穿过山门，来到家庙前的广场，左手边为保存良好的三合院古厝，右手边则摆着三面古墓碑石；斑驳的石面，刻着陈家先人名字；广场两旁，则放置了当时陈家子弟用来练武强身的方斤勇石。再往前走一点儿的草地上，则散落一些长方形的石板以及小石狮；古厝仅存的断垣残壁上，依稀可见到早期所留下来的铳孔及狗洞的遗迹。来到公妈厅前，书香世胄的匾额高挂于门上，两旁还有以鉴湖为首的对联，墙壁上则记载着陈氏一族的事迹与渊源。

属于摆厘陈家后头厝的鉴湖堂，初期为双进七间护龙大宅，前进为客斋，后进为祠堂及池塘，南侧则建有登瀛书院及武馆。1982 年重建为二进四厢红墙大厝，有八大房百余人口同住于此，昔日被称为陈老师大厝，在当时可算是大富人家。

·陈家松园，落羽松高耸参天

来到此地，除了可一睹陈氏家族的相关文物以外，周围的环境也可以说是相当清幽。属于家产的陈家松园，高耸入天的落羽松，让人仿佛走入了桃花源中，很难想象在热闹的宜兰市区，会有这么一个迷人的地方。园内还保留着一间砖瓦屋舍，搭配着垂下的枝叶，古意盎然。看着满布青苔的屋瓦，萧瑟的景象，就像是岁月在此烙下的痕迹那般。

落羽松原生于美国五大湖区，能够吸收河流中的磷，因此广泛种植于美国各地，为了适应湿地环境，而演化出突出地面的呼吸根，又称膝根，以吸收地面上的空气。冒出草地的呼吸根，就像是雨后春笋那般集体冒出，有的则像是独行侠自成一格。特殊又神奇的生态，在陈家松园里的各个角落轻易可见。

如果是寒冬时节来到陈家松园，可以看到像羽毛般的树叶散落一地，只剩下满树的枯枝，那种历尽沧桑的美感，绝对会让人永难忘怀。

[DATA]
北门绿豆沙牛奶

宜兰市中山路三段208号
03-9322852

食 北门绿豆沙牛奶

拥有30年历史的北门绿豆沙牛乳店，也是宜兰有名的老店，所提供的饮料种类虽然不多，但均以新鲜浓郁闻名。

招牌绿豆沙牛奶，喝起来相当浓郁，有沙沙的独特口感，再混合牛奶的香味，两者味道相互融合，果真是绵密好喝。另一款人气商品芋头沙牛奶更是深受大众的喜爱，煮到软烂的大甲芋头和牛奶混合打散之后，入口全是绵密的芋头香，绝对是不可错过的饮品。

Plus 1

慢时光马祖小旅行

走出拥挤的城市，
一切物事与时光年轮仿佛与距离成了正比。
跨过海峡，来到离岛马祖，
更能深刻体验缓慢优雅的生活格局，
而这却是以极其惨烈的战事所换取的……
马祖列岛的怀旧之旅，
适合用四天三夜的行程好好安排，
走访小渔村芹壁兼具海上花岗岩碉堡的壮阔一面，
或者闽东建筑群的古色古香，
北海坑道诡谲神秘的地下码头，
要不就到介寿狮子市场和当地人吃传统早餐蛎饼与鼎边糊，
或为了醉翁之意在八八坑道小酌窖藏老酒与陈年高粱，
最后在东莒福正聚落遥望海上明月，
一叹时光悠悠，老地方的深刻情怀终于能好好思量。

Plus 1

马祖

战火消散、野花盛开，遗世独立的海事碉堡

马祖，这个远在台湾最北的岛屿，像串遗落在闽江口外的珍珠一般，看似遥远又陌生。它曾因历史的因素而被隐没，然而所散发出来的耀眼光芒终究无法被掩盖，马祖就像座海上桃花源，值得亲身来体会它的迷人风情。

[DATA]
马祖

连江县政府
www.matsu.gov.tw

马祖国家风景区
www.matsu-nsa.gov.tw

马祖信息网
www.matsu.idv.tw

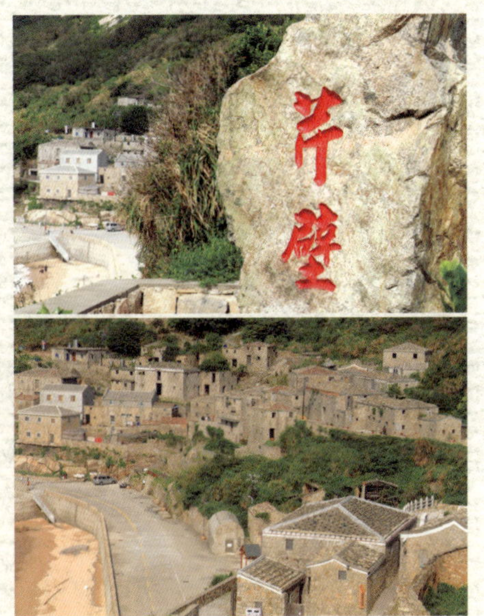

位于台湾海峡正北方，与大陆最接近处只有 9.5 公里距离的马祖，长年以来都是海峡两岸的天然屏障，如今随着时间演变，马祖便转型成带着观光功能的守卫型岛屿。即便它的风土样貌不比台湾本岛繁荣精彩，但它的地理位置与自然资源，仍是旅游界值得注意的新兴市场。

· 芹壁，闽东传统聚落保存最完整

位于北竿岛的芹壁，因有着芹山与壁山的环抱，有了这个让人感觉陌生、却相当美丽的名字。在视线良好的时候，在芹壁可以清楚看见对岸的福建沿海，芹壁的美，也是促成我来到马祖的主要动力，在这趟三天两夜的旅行中，光是这里就停留了一天的时间。这个迷人的聚落，是马祖保存最为完整的闽东式传统聚落，依山面海而建，外墙皆以花岗石为主，从远方望去，犹如海上的一座石城。传统的屋舍多为独栋双层建筑，造型方正，远看又好像是一颗颗的印章，聚落的房屋都是背山面海而建，随着山势起伏呈阶梯状向上发展，在红瓦接缝处，还会用石头压住屋顶，以防被大风吹袭掀走。

靠海的芹壁，原本是个繁荣富裕的小渔村，只可惜到了 20 世纪 60 年代，渔业逐渐萧条，居民赖以维生的产业渐告枯竭，人口也跟着外流，整个村落宛如空城一般。也因为如此，让芹壁村成为尚未被现代建筑破坏的传统闽东聚落。穿梭在石头屋的小巷之中，更能体验芹壁与众不同的风貌，四通八达的小巷，无论怎么走，都不会有迷路之虞，因为每隔几步路，就可以遇见山脚下的碧海蓝天，放慢脚步细细品味，是身处芹壁村里唯一要做的一件事。

· 时光悠悠

我们在上上下下石阶之中，找寻属于我们的游乐场。欢笑与喜悦全写在脸庞，当金黄色的阳光渐渐洒落在巷道之间，此刻的芹壁，让人有如置身在浪漫的地中海，更显迷人的风情。从午后到黄昏，努力发掘芹壁醉人的点滴，顺着弯弯阶梯而下，遇见传说中著名的海盗屋，记忆仿佛和时空交错，尽管已是人烟散去，我仍寻觅着亘古不变的爱恋。

走在芹壁，就像置身在石头城内，除了房屋都是由石块建筑而成之外，连脚下走的阶梯也都是一块块的石头所砌成，每个角落都可看到闽东建筑的特色。在夕阳即将西下

之际，整个芹壁村也被染成一片金黄，此刻该做的，就是搬张椅子坐在门前的矮墙上，享受这都市中难得的悠闲。

·花岗岩山城的朴实堪比普罗旺斯

因为军事管制，使得芹壁走向无可挽回的没落一途。在人去楼空之后，匠心独具的石头屋建筑，在海风无情的吹袭之下，坍塌成了无法避免的情形。这些老屋的命运，还真让人替它们感到惋惜。曾经是富丽渔村的芹壁，也曾有过一段繁华的历史。走在昔日的商店街上，过往的商号招牌依稀可见，我静静伫立在门前，此时此刻仿佛又回到从前那般人声鼎沸的热闹模样。质地粗糙的花岗岩石材，带有白、黄、红等颜色，堆砌起来的石板屋相当美丽，而顺着山势成梯形排列状的石头屋群，更让人感到雄伟壮丽。

从各个不同的角度观看芹壁的美，它朴实无华的风貌总叫人沉醉。蓝天、碧海、阳光、山林，把原本冰冷坚硬的石头屋聚落，变身成一座美丽动人的山城。陶醉在芹壁的美景之时，内心其实是多么奢望时间能够就此停住，才能更深层地把它一次看个够。在这个可以一观芹壁全貌的小山坡上，四周是如此安静，只有潮来潮往的海浪声，空气中仿佛只有海的味道。此刻心灵已完全放空，眼中只有芹壁的美，不管是望见东方地中海还是普罗旺斯，土耳其还是希腊都好，再多的言语与照片，都无法形容芹壁的美，只有亲自来体会，才能看见芹壁的面貌。

·南竿，鬼斧神工的战地景观

在最大的南竿岛上，有着许多值得一游的美丽聚落，在解除战地任务之后，这里成了欢迎游客来到马祖的金字招牌。虽然带点威权与刻板，但不可否认的是，这块大大的牌楼，无疑是马祖最为显目的地标。

马祖最被推崇的战地景观，就数位于南竿的北海坑道，呈井字造型的坑道，内部可以停泊 120 艘小艇，故又称为地下码头。其平静的水面，会让人误以为是坑道的水质清澈到可以见底，但以其退潮时还有四米高的水位来说，应该是深不见底才对。这时我猛一回神，才发现原来水面上所呈现出来的影像，其实是坑道顶的倒影。进入堪称鬼斧神工、盖世之作的北海坑道，就能体验有如浑然天成的美景，更能感受它的壮阔气势。

漫游在南竿，你也可以先从充满活力的介寿狮子市场开始，体验最富当地特色的传统市场风情，找寻传说中马祖人常吃的早餐——蛎饼、鼎边糊和馄饨汤；随后进到沁凉的八八坑道，感受窖藏老酒的魔力与浓醇的高粱酒香；再逛逛牛角聚落，恣意游走在巷弄错综及陡峭阶梯的小径上，依山势而立的方正石头屋散落在蜿蜒起伏的花岗岩脉上，

一层一层相叠而上，展现独到的建筑风味。在这个小村，除了能发现动人的美景外，更能品尝到名店的风味美食。

· 古朴的津沙聚落与夫人村咖啡馆

如果说北竿的芹壁能让人魂萦梦牵的话，那南竿的津沙，则是令我感到惊艳的百年聚落。津沙的美，只需亲身来感受，真的不需太多文字来形容。细致绵延的金色沙滩，是你与另一半携手漫步的绝佳去处；在历经百年风华之后，纵使沧桑已现，但遗留下来的传统建筑，却仍旧充满着古朴的美感；望向阶梯之上，颓圮的旧墙黯然伫立，带点凄凉唯美的意象，更加深我对津沙的爱恋！如果芹壁音同金币，那津沙就是我的金莎巧克力！

南竿的黄昏之美，就在岛上西端的夫人村内，和其他的村庄一样，因为人口的外移，让整个村庄淹没于漫草荒烟中长达二三十年之久。直到 2003 年，夫人咖啡馆的老板回到夫人村的古厝，历经一年多的重建，破旧的石头老屋才成为了今日南竿有名的夫人咖啡馆。老屋子里的角落，似乎都在诉说着一段故事的感人过去，从蓑衣、渔网到老家具，仿佛被赋予了新生命一般让人着迷。华灯初上，点亮微黄小灯的夫人咖啡馆，又呈现出与白昼不同的另般风情。望着前方福澳港亮起的灯火，虽没有万家灯火那般明亮，但能在这儿遇见马祖迷人的夜景，还是让人感动不已。

·东莒，宁静萧瑟的海上明灯

距离南竿搭船一个小时航程的东莒岛，更是此行意外的收获。由于船班的关系，逼得我只能用三个小时来游这小小的东莒岛。从猛澳沙滩的美景开始，接着的三级古迹大埔石刻，遗世独立充满静谧萧瑟之美的大埔村，号称我家冰箱在海边的福正聚落，到充满遐想的神秘小海湾，都能让人感到惊艳。而最不能错过的，是由一块块花岗岩堆积而成的东莒灯塔，其洁白纯净的塔身，在爆蓝天空的辉映之下几近完美，你一定会深深爱上它。

三天的马祖之旅，除了原先设定的芹壁美景让人迷恋之外，东莒岛上几个遗世独立的小小聚落，也让此行变得更加丰富，原以为用三天的短暂时间，就可以将马祖四个小岛玩透，没想到实际踏上这弹丸之地后，却发现除了有动人的风景之外，还有多元的人文与风俗值得细细品味。

随着近年国人旅游观念的开放，在市场供需之下，这座刻满历史伤痕的岛屿暂时放下紧绷的情绪，以缓慢的生活步调迎接旅人的到来。马祖浑然天成的质朴与自然风光，是喜爱走访老地方的旅人首选。在这里时光仿佛从未更迭，只在黄沙缱绻与白浪拍岸的光阴里慢慢流过，而这也正是期待心灵解放的游客最想获得的感受。

Plus 2

好时光四季小旅行

每当生活空闲时，都要出发寻找沉淀心灵的好时光。
在有故事的老地方总能找到感动的感觉，
而随着四季衍生的人文活动，也是不可错过的。
春天初始，平溪天灯齐放点亮深山夜空的景象不能错过，
也可追逐樱花绽放的盛况，
北新庄天元宫的吉野樱是炙手可热的台北代表；
夏天的消暑活动除了玩水，
还可在海潮涨退之间看一眼北海岸老梅石槽的自然界奥妙，
或者欣赏汐止翠湖的桐花飘落矿坑步道堆如白雪；
秋季赏菊就该到苗栗铜锣，
欣赏九湖村采收杭菊的田园风光，
而新埔蔚为奇观的金黄柿海，
也是当地闪亮亮的金字招牌；
冬季除了每年必访的新社花海节看波斯菊引领风骚，
还可以在云林口湖眼见家家户户在门前广场齐晒乌鱼子，
成就一年到头苦尽甘来的辛劳。

春

平溪天灯节

千灯齐放皎如星芒

[DATA]
平溪天灯节

菁桐小学、平溪中学、十分广场

元宵节前夕

一年比一年盛大的平溪天灯节，重头戏总是在夜幕低垂后的千灯齐放时开展。在年节时分人满为患的平溪老街，想要取得天灯的施放号码牌或者挤入现场亲睹盛况，总要提早大半天以上到达，而在重头戏登场之前，可以先到老街逛逛打发时间。

老街上有贩卖天灯的商家，游客可以买盏天灯，写下自己的心愿。满坑满谷的游客，早把这原本宁静的小山城挤得水泄不通，连外国观光客也用着自己的文字，热情地融入其中。不过在热情忘我之际，也要注意自身的安全，铁道上还是有着火车通行，入夜时分更得留神。

·千人集气，冉冉上升的小心愿

随着天色渐暗，在前往天灯施放的十分广场途中，看到一辆辆的客车载着游客上山，其所形成的车龙也算是蔚为奇观了。夜幕低垂，摄影玩家们个个都不遑多让，每位看起来都好专业，老早就选好制高点，准备一展身手拍个好照片。伴随着老街那头，高挂天空的盏盏天灯，整个画面变得好美。

当背景换上最天然的黑幕之后，现场的气氛也随着主灯的点燃渐渐沸腾。大型主灯蓄势待发，围绕在主灯周围的千盏天灯也准备就绪，在众人的惊呼声中，千灯齐放便上演了。不知道你是否和我一样，看着一个个缓缓升空的祈福天灯，都以为那是一张张带着微笑的脸庞呢？

越飞越高的天灯，就像一条繁星点点的银河，飘荡在无边无际的夜空之中。能够见证千盏天灯一起升空的壮阔景象，真的令人好开心，等待果然让人有所收获。纵使回家的路途感觉有点遥远，但随着越飞越高的橘色灯海，今晚平溪上空的夜色，真的是耀眼灿烂。

[DATA]
无极天元宫

台北县淡水镇水源里北新路三段36号

02-26212758

春

梵音伴清香，吉野映天元

天元宫吉野樱花季

淡水无极天元宫这几年来因吉野樱的盛开而爆红，这里几乎是台湾最容易抵达的赏吉野樱专区，最主要的原因还是这里的吉野樱在盛开之时实在是太美了。

之前我曾经为了一睹美丽又大片的吉野樱风采，特别跑了一趟阿里山，虽然如愿以偿地看到了一片粉白的世界，但毕竟从台北出发，还是得忍受路途遥远所带来的舟车劳顿之苦。有了天元宫，让身在北部的我，不用跑到阿里山甚至更远的日本，就可以看到粉嫩粉嫩的吉野樱。

· 爆米花般的绽放盛况

围绕在无极天元宫天坛周围的吉野樱种植的密度很高，粉粉的樱花配上天元宫的寺庙建筑，展现出的风格，总让人误以为身在日本。天元宫的樱花栽种已有 30 多年的历史，当时整个山区就有不少的山樱花，每每到了花开时节，总是嫣红满山。而为了进一步美化环境，由庙方熟悉园艺的义工们，将吉野樱嫁接到了当地原生种的山樱花上面。整个天元宫周遭的樱花约有一百多株，并且在持续增加中。

天元宫的樱花，大多从每年三月初开始绽放。其实樱花开时，就像爆米花一样，刚开始时树上的花朵都只是三至五朵左右，但等到空气中适合花苞绽放的温度够了，可能过了一个晚上，隔天醒来就会发现满园樱花都已盛开。天元宫的樱花依照往年惯例，如果天气不错的话，绽放的全盛花期约可维持十多天，要想在台北近郊感受樱花之美，三月的赏樱盛事当然不能忘记淡水无极天元宫。

夏

汐止桐花季

苔痕上阶绿，翠湖赏新桐

[DATA]
汐止翠湖

每年四至五月

近年来，汐止翠湖因桐花以及台湾蓝鹊而著名，游客增加许多，要再像往年一样，遇见大量的桐花落于林间的机会也变得更少了，加上汐止本来就多雨的天气，就算落下再多洁白美丽的桐花，也禁不起一夜风雨的摧残。

从登山口沿着石阶砌成的翠湖步道而上，轻易就可看见桐花满地，本来应该很美的画面，可惜连续几天的风吹雨淋，落到地上的花儿多已枯萎凋零，而比较晚熟的桐花，则零星地随风飘落在阶梯上，慢慢地为下一块白色地毯编织着。

· 翠湖小径上的零落花影

步道旁的矿场遗迹，是昔日益兴煤矿的北港二坑，布满着翠绿青苔的驳坎，在阳光洒下之时，也变得灿烂万分。盘根错节的老树与古老砖墙交织的画面，比起白色桐花的美，是有过之而无不及，藏在林间的断垣与残壁，更发人思古之幽情。

矿坑的遗迹之美，让我在此驻足许久，随地拾取刚落下的两朵新桐，放置于绿叶之上，在一片绿的衬托之下，白花红蕊相得益彰，完美无瑕。林间的边坡上，同样洒满了油桐，虽不到白雪皑皑的迷人模样，至少为这一片绿，装点出不同的迷人风采。

走累了，不妨来这桐花林下的石椅坐坐，感受树梢落下的花朵，轻柔摇摆的模样，或者是体验一下花儿直接落在头顶上的奇妙感觉。在翠湖的小径上，虽然没有整片白，但只要稍加用心体会与观察，就算只剩单朵孤零零的花影，随意漫游，仍可以发现翠湖的不同之美。

夏

老梅石槽

潮汐洗涤，北海岸发亮的绿宝石

[DATA]
老梅石槽

台北县石门乡老梅沙滩附近

每年四至五月

五月是个奇妙的季节。爱花的人们疯狂地往山里跑，追逐那落下的桐花雪，而我们就在同一个时间，来到新北市的石门区，算准了潮汐，迎接眼前这一大片的绿宝石——老梅石槽。

每年的东北季风即将结束之时，大概就是 4 月的时候，北海岸的老梅海岸，就会出现这种如诗如画的美丽景象。这处由海蚀地形和绿藻所构筑而成的天然景色，吸引许多喜爱摄影的朋友以及众多的游客来此拍照观赏。在东北季风盛行的时候，一波波的浪花拍打着沿岸，进而滋润了石槽的岩面，开始让绿色的海藻滋生。到了 4 月东北季风渐歇，石槽就长满了这一大片绿藻，形成令人惊叹且独一无二的绿石槽海岸景观。

·绿藻蔓生，海洋史的绿色奇迹

在台湾一般的海岸线不是沙滩就是岩岸，但是老梅石槽却同时拥有细致沙滩与被侵蚀的岩岸，而且每块礁岩都被侵蚀得非常漂亮，形成一道总长将近二公里，深度五十厘米的沟槽。这片独一无二的绿色海岸，历经千万年的浪花侵蚀才得以形成，加上这里的海水尚未受到污染，使其成为藻类生长最好的环境，因而成就了这片堪称台湾海洋史的绿色奇迹。

驻足观赏了许久，内心不禁也跟着一波波的海浪澎湃起来。看着这些高高低低的石槽，像是一只只海中的绿色精灵，乖巧地躺在海岸边，仿佛在等待着大海的召唤。而连成一片的绿藻礁，因为岩石间的海沟分隔，显得更加立体，随时变化出翠绿的梦幻图案。累积了上万年的绿色奇迹，潮间数不尽的生命故事，就在老梅石槽生生不息地轮替着，年复一年，永不停歇。

秋

新埔柿子节

柿海飞扬，九降风吹入客家庄

[DATA]

味卫佳柿饼

新竹县新埔镇旱坑里11邻35号

03-5892352

新竹的九降风再次吹起，又到了柿海飞扬的金黄季节。在位于新埔镇旱坑里的味卫佳，金黄色的柿子漫无边际的景象依旧令人迷恋。每年的农历九月左右，新竹的新埔都会举办柿子节活动，也是摄影团体以及各家媒体争相采访报道的地方。

· 少雨丘陵地生长条件得天独厚

味卫佳位于山明水秀的小山丘上，小轿车可开至农家门口，大一点儿的车子就只能停在山脚下。再沿着竹林小径走到农家，走进晒柿场之后，你就会被一大片晒柿子的棚架给吸引住。一人半高的棚架上摆了满满的柿子篓，上头全是金黄色的柿子，站在棚架下方往上看，透过蓝天更能显现出柿子的金黄饱满。如果想拍摄更大片黄澄澄、美美的晒柿图，还可爬上二楼去拍照，这里的角度极优，可以将整个晒柿场尽收眼底，这样的美景，真的只能用壮观来形容。

柿饼在新埔镇的旱坑里说起来已经有 160 年的历史了。其实新埔地区柿子的产量并不多，但却成为柿子加工的重镇，这是因为得天独厚的丘陵地形，配合干燥少雨的气候，再加上旱坑里每年在 9 至 12 月都会吹起具有天然烘干效果的“九降风”，使得旱坑里完全符合了柿饼制作过程中最重要的曝晒、干燥及脱水等要件。也因为地理与气候的配合，才能制造出口感十足又好吃的柿饼。

秋

铜锣杭菊文化季

杭菊如雪，九湖村的花田事

[DATA]
铜锣乡九湖村／杭菊专业区

苗栗县铜锣乡九湖村92之3号
037-983711
每年十一月

每年的11月，正是苗栗铜锣九湖村最为缤纷灿烂的时刻。这里是台湾杭菊最大的产地，每当花季来临之时，偌大的花田里雪白一片，就像积了雪一样。

有人戏称，山城铜锣一年会下两次雪，除了众所皆知的五月桐花雪之外，随着东北季风的吹起，就属11月的杭菊白雪了。由于九湖村位处台地，日夜温差较大，湿度偏高且为红棕色的土壤，非常适合杭菊的栽种。在农会的辅导与推广之下，每年11月的杭菊文化季便成了地方上重要的活动之一。

·戴斗笠的采菊农妇，秋收田园美景

盛开的杭菊花田，有着蓝天白云以及绵延的高山作为自然背景，偶尔还可看见一列列的火车从花田前方经过，这般迷人的田园风景，就像是铺在九湖田野间的一块块白色地毯。除了杭白菊与金菊之外，偶尔还可看见几株紫菊点缀其中，迷人的色彩以及排列整齐的一片片花瓣，真是让人赏心悦目。尽管杭菊的花期长达一个月左右，但因杭菊具有经济价值，花开之后便会开始采菊，而戴着斗笠绑着头巾、穿梭在花田之中采收杭菊的农村妇女们，也成为赏花之余，另一幅田园秋收的迷人景色。

像雪一般的杭菊花海，如诗如梦又如画，为秋色平添了几分梦幻的色彩。杭菊花的娇巧可爱与珠圆玉润，更为这片美丽大地，绽放出迷人的田园风采。

冬

新社花海节

徜徉花海，以波斯菊打造浪漫盛宴

[DATA]

新社花海节

台中县新社乡协成村协兴街30号

展场：种苗改良繁殖场二苗圃（新社花海）

台中新社近年举办的新社花海节，在11月左右展开为期五周左右的花期展示。随着观光客人数渐多，活动规模越来越盛大，以须应单日曾经高达两万入园人次的游赏需求。

新社花海相当广阔，一眼望去，大片的花海全由波斯菊所组成，红、粉、橘、白四种鲜艳的颜色相互辉映，不仅璀璨夺目，更是耀眼迷人。

·与心爱的人携手漫步闻花香

走在花径上显得轻松自在，原本带着些许凉意的气候，也在暖阳的照射之下，变得清新宜人，数大就是美便是这里的最佳写照。高尚典雅的白色波斯菊，让人褪尽铅华回归最原始的纯洁。

人潮带来商机，周边还有许多小贩贩卖着应景的商品。制造浪漫的泡泡机立刻成了大人小孩的新欢，花海加上随风飘逸的泡泡，浪漫的氛围油然而生。双双对对的恋人，三五成群的好朋友以及全家和乐融融的出游，共同徜徉在这片花海之中，每个人的脸上，尽是洋溢着甜蜜幸福的笑容。

为挚爱的亲人留下倩影似乎成了赏花人必做的一件事，而大家几乎都被这浪漫的氛围所感染，浑然忘我地在花海里翩然起舞。看完这让人有点眼花缭乱的花海区之后，相信一定可以让人的心情变美丽。

湛蓝的艳阳天，色彩缤纷的大地花海，新社是一个可以欢乐一整天的大花园。新社花海节开办至今，即将迈入第八个年头，想圆一个拥有蓝天配上大片花海的迷人美梦，建议最好早点上山，才能轻松且惬意地感受美丽花影所带来的开阔景色。

冬

冬至人团圆，家家户户晒乌金

口湖晒乌鱼子

[DATA]

口湖晒乌鱼子

云林县口湖乡崇文路二段崇文小学附近

台湾乌鱼子的加工制作，已经有数百年的历史，临海的云林县口湖乡更是乌鱼子的生产重镇。每年的冬至前后，只要走在崇文路二段上，都可看到各家业者利用自家门前的空地曝晒乌鱼子，马路上处处可见金黄色的光芒闪耀着。

沿路都是标榜着正宗台湾产乌鱼子的店招牌，跟店家打了一声招呼，老板似乎也见惯了像我这种专程前来拍照的游客，客气地回答：随意拍吧！聊天的过程中，也透露出些许的无奈，原来台湾的乌鱼渔获量逐年减少，往年大丰收的情景已不复见，本土产的乌鱼子根本已经是少之又少了。

·白里透红的色泽，口湖特产

有着乌金之称的乌鱼，营养丰富且肉质鲜美，在每年的冬至前后十天为鱼获最多的时刻。只是近年来乌金的渔获量已经越来越少，业者所制作的乌鱼子，大多是仰赖国外进口。乌鱼子的制作，从一开始的挖取雌乌鱼的生殖巢，然后经过捆扎、腌制、压平、晒干而成，在反复的曝晒过程中，还得做修补的工作，要完成一片美味可口的乌鱼子，过程相当烦琐。

在太阳的暴晒之下，乌鱼子散发出迷人的香味，红里透白的色泽，当下还真是让人好想咬一口。乌鱼子已成了口湖的代表性特产，下酒时的美味料理，不过制作过程可谓是粒粒皆辛苦，下次品尝的时候，可是要特别珍惜。

后记

玩遍全台湾，旅行是幸福的实践

年轻时的旅行真的很简单，随手背起行囊，带着一张地图，就可以浪迹天涯，游走于台湾各地迷人又美丽的角落，双眼就成了我最棒的照相机，美景则深藏在脑海之中。不管是一个人的旅行也好，或是三五好友的结伴同行也罢，旅程就像生活那般，每个阶段总是带来不一样的感受。

随着成家立业之后，旅行不再只是一个人随性的梦想，而是多了一份合家同乐的自在与快活。单眼相机所拍出来的张张照片，也成了我们家共同拥有的记忆，更是充实玩遍全台湾内容中不可或缺的最佳帮手。

会将出游的过程写在博客上的初衷，其实也很简单，单纯地只是为了记录我们一家三口旅程中值得回忆的点点滴滴，也希望借由网络的分享，让更多的人也能够实地造访，体验最真实的台湾之美。一写就是六年的时间，虽然其间也有间断过，但喜欢旅游的心却从未改变过。就算开了咖啡店，得随时应付繁忙的业务，但是玩遍全台湾的梦想仍在持续进行之中。

说真的，我很感谢出版社带给我的无比动力，让不是知名博主的我，在人生的旅程中，多了一个当作家的难得体验。书中收集了近几年来我们全家在台湾各地旅游时的点点滴滴，主要以台湾迷人的老地方为主轴。

再加上依循着季节的变换一些引人入胜的美丽景点，以及三天两夜闲逛马祖的惬意

全家福 摄于高雄新威森林公园

时光，共同谱出这本我的旅游故事书——《老地方，慢时光》。

在台湾这片可爱的土地上，总有着许多令人印象深刻且为之惊艳的美丽景点，在不同季节的到访，也会呈现出不同的风味。旅行，其实可以很简单，不需要太多的理由与借口，只需凭借着一丝丝的小冲动，选好想去的地点，抛开恼人的世俗与烦忧，跟随书中所介绍的景点，追寻那份属于自己独一无二的老地方，慢时光。

未来，玩遍全台湾的一哥，仍旧会持续带着家人与三五好友玩下去，也期望在每一趟的旅途当中，能够发掘更多值得细细品味的老地方与新风貌，让生活就是不停旅游的这份执着，继续传承下去，直到永远。

——一哥 9 月记于台北新店